Yuzan Daidoji

大道寺友山

霊巖夜話を知る

大道寺弘義【現代語訳】

教育評論社

目次

凡例

・西尾市岩瀬文庫蔵所蔵『霊巌夜話』を底本として現代語に訳した。
・人名については、原文に従い各話によって異なる表記の場合もある。初出の註で役職や官位等を記してある。
・註については人物を中心に最小限に附した。
・原文中に現代から見ると不適切と思われる記述があるが、作品の歴史性を尊重し、原文に従って現代語に訳してある。
・出版に当たっては、西尾市岩瀬文庫、東京都北区立中央図書館、故吉原健一郎先生、吉原禮子氏、高橋育郎氏、黒沢脩氏、中西義治氏にお世話を頂きました。厚くお礼を申し上げます。

霊巖夜話を知る

第一話

江戸城はじめの事

一、問　江戸城は、いつ頃、どのような方が縄張りを行ったのであろうか。

一、答　筆者[1]が若年の頃、今は亡くなった老人が物語ったのを聞いたのは、以前、相州鎌倉《そしゅうかまくら》の管領としての本名は上杉であるが一方は山内殿といい、一方は扇谷《おうぎがや》と名乗っていた扇谷殿の家老に、太田備中守資清《おおたびちゅうのかみすけきよ》[2]の子に、左衛門太夫資長《さえもんたいふすけなが》[3]という者がおり、仏門に入り道灌《どうかん》斎と名乗り、文武両道に通じていた。

中でも、城構え・縄張りの技能に勝れていて武州川越《ぶしゅうかわごえ》の城地を見立て、道灌斎は先ず、吉祥寺[4]の台地を取り立てるといって縄張りなどを致しはじめたら、ある夜、霊夢のお告げによって今のお城にする所へ行き、葉付きの竹を切って二、三本を城形に差し回し、その在所の者達を呼び出して、

「竹より内側にある村々の名前は何と申すのか。」

と尋ねたら、百姓達がいうのには、

「千代田・宝田・祝言村という三ヶ村である。」

と答えれば、道灌斉が聞かれて、

「国の名は武蔵、郡の名は豊島として取り立てたいと思う。三ヶ村の名はめでたい名である。

この地に城を築いたならば、末々繁昌疑いない。」

との事で建てる事にした。

家康[5]公の関東御入国前は、千代田の城といっていた。

1 大道寺友山。諱、重祐。江戸時代の武士、甲州流軍学者。祖は後北条氏に任う。本書の著者。一六三九〜一七三〇年。
2 太田資清。備中守。室町中期から戦国前期の武将。相模守護代、扇谷上杉家の家宰。一四一一〜一四八八年。
3 太田道灌。諱、資長。備中守。室町時代後期の武将。武蔵守護代、扇谷上杉家の家宰。一四三二〜一四八六年。
4 一四五八年、現在の和田倉門のあたりに創建。現在は本駒込にある曹洞宗の寺院。
5 徳川家康。別名、大御所様（隠居後）・権現様（死後）など。戦国時代から安土桃山時代にかけての武将、戦国大名。江戸幕府初代征夷大将軍。一五四二〜一六一六年。

第二話

御城八方正面櫓の事

一、問　御城内には、八方正面の櫓があるそうだが、どの櫓であろうか。

一、答　今の富士見の櫓が八方正面である。

筆者が若年の頃、北条《ほうじょう》安房守《あわのかみ》氏長《うじなが》殿[1]が、小川町の屋敷で雑談されたのは、「八方正面の櫓というのは、太田《おおた》道灌《どうかん》斉程の城構え・縄張りの功者のものでも、念を入れて、趣向をこらすものでは無い。第一、地形により、次には縄張りの模様により、自然に出来るので、諸国に多くの城があるが、八方正面の櫓というのは稀な事である。それなのに、江戸城内にあるというのは奇妙な事である。是を以って、御当家、御繁昌の、めでたい事の前兆である。」

といわれたのを久島伝兵衛《くしまでんべえ》・相州嘉兵衛《そしゅうかへえ》・奈良十郎右衛門《ならじゅうろううえもん》と筆者の四人が一座で聞いた。

久島はその時、遠山伝兵衛と名乗っていた。

1　北条氏長。安房守。江戸時代前期の旗本。大目付などを務める。甲州流軍学者にて北条流兵法の祖。一六〇六～一六七〇年。

第三話

江戸繁昌勝地の事

一、問　江戸は四神相応[1]の勝地[2]であると世間でいわれているが、その通りであろうか。

一、答　北が高く南が低く、東西に河が流れているのが、四神相応の地と古来伝わっている。江戸もその趣に適っている上に、四神相応の地形ともいわれており、天下をお治めになるお方の住まわれる地にふさわしいという。

その理由は、公方[3]将軍であるお方の住まわれている所へは、天下の万民が入ってくるので、ここに居合わせた者だけでは、事が足らないので、海・川の運送を自由にして、諸国の荷物も、豊富に集めるようでなくてはならない。

それで慶長年間、権現様が、天下を統一されても相変わらず江戸へ御在城と仰せ出られた事である。

江戸は、四神相応の地形・繁昌勝地を、兼ね備えている場所柄でもある。

1 四方の神に相応した最も貴い地相。
2 何かを行うのに適している土地。風景の名所。物資が集まる所。
3 征夷大将軍。幕府の主宰者で、兵権と政権を掌握した者の職名。

第四話

御城内鎮守の事

一、問　江戸の鎮守というのは、紅葉山に立っていた権現様を指して奉った。天正年間、御入国された以後も、城中に鎮守の社というものが無くても済んだのであろうか。

一、答　その事を筆者が聞いたのは、天正一八年（一五九〇）八月に御入国された時、榊原《さかきばら》式部太輔《しきぶたいふ》[1]殿は、御入国準備の御用を承って、その下に、青山藤蔵《あおやまふじぞう》[2]殿・伊奈熊蔵《いなくまぞう》[3]殿・板倉四郎右衛門《いたくらしろうえもん》[4]殿、その他各々の、領地の四ヶ国に置いていた。地方の役人衆は、それぞれ江戸表へ参るように、仰せ出があった。

その節、城内には、先の城主、遠山左衛門《とおやまざえもん》[5]の居宅が、そのまゝ残っていたが、長く籠城していたので残らず破損し、その上、屋根の上を土で塗っていたので雨漏りのため、畳なども腐っていた。

その修理を仰せ付かった諸役人は、昼夜苦労してやっと、御入国に間に合わせたという事を、長崎彦兵衛《ながさきひこべえ》といって、甲州代官の手代を勤めた老人が、常に物語っていたのを聞いたのである。

権現様が、小田原表から江戸へ移られた時、榊原式部太輔殿を呼び、

「城内に鎮守の社は無いのであろうか。」

と、尋ねられたので、

「是から北の方に当る曲輪内に、小さい社が二つ見えます。」

との事で、ご覧になるため式部殿の案内で入られた。

小さい坂の上に、梅の木が多数植えている中に、宮居[6]二社があるのをご覧になると、道灌は歌人なので、天神を建立したとの事であった。残りの一社の額をご覧になりご拝礼され、

「さても不思議な事があるわ。」

と仰せられたので、式部殿が、お側へ参れば、

「江戸城に鎮守が無ければ、坂本の山王《さんのう》[7]を勧請[8]しようと思っていたが、前から山王の社が立っていたとは。」

と、仰った。式部殿は、

「仰せの通り奇妙な事で、ひとえにお城の長久、お家のご繁昌と目出度い前兆であられます。」

と、ご挨拶申し上げれば、

「いかにもその方が申す通り。」

とあって、殊の外、ご機嫌よいように見受けられた。

1　榊原康政。式部太輔。戦国時代から江戸時代初期の大名。上野館林藩初代藩主。一五四八～一六〇六年。
2　青山忠成。戦国から江戸時代の武将、大名。常陸江戸崎藩初代藩主。江戸幕府町奉行、老中などを務める。一五五一～一六一三年。
3　伊奈忠次。幼名、熊蔵。戦国時代から江戸時代初期の武将、大名。武蔵小室藩初代藩主。一五五〇～一六一〇年。
4　板倉勝重。通称、四郎右衛門。官位、伊賀守。安土桃山時代から江戸時代の旗本、大名。駿府町奉行・江戸町奉行・関東郡代・京都町奉行・京都所司代を歴任。一五四五～一六二四年。
5　遠山直景。通称、左衛門大夫。安土桃山時代の武将。?～一五八七年。
6　神が鎮座するところ。
7　日枝神社（比叡山の東麓の地名）。
8　神仏の来臨を乞う事。

一、問　宮居の両社は、その後、どうなったであろうか。江戸城普請のはじまりというのは、本丸から始まったのであろうか。
一、答　開祖の道灌といってもその後、遠山丹波守《とうやまたんばのかみ》1や遠山左衛門という者は、いずれも上杉家・北条家に於いて小身な士大将だけの居城であったので、関八州《かんはっしゅう》守護職となった権現様のご在城になるので、御入国後万事を差置いて本丸の普請に取掛かり、古来、本丸と二の丸との間に、幅が十間にも見えた空堀があったのを埋めた。

その普請の時、北の丸にあった山王の社を紅葉山へ移すように仰せ付け、宮などは、霊妙な所へ建立された。

天神の社は、何の指示も無かったので、普請の邪魔にもなり、平川口御門外の堀端へ持出して置いた。

両社の跡には、梅の木が多くあったので、梅林坂《ばいりんざか》といった。

その後、秀忠《ひでただ》[2]公のお子様方が誕生されて紅葉山の山王へ参詣され、ご機嫌よく成長されたので、諸大名・旗本・町方までも紅葉山へ氏神詣りをするようになり、次第に繁昌し、特に秀忠公から社殿を建立仰せ付けられ、その社は上野に残っている。

1 遠山直景。丹波守。戦国時代の武将。江戸城代を務める。左衛門大夫直景は曽孫。?〜一五三三年。

2 徳川秀忠。追号、台徳院。安土桃山時代から江戸時代にかけての武将。江戸幕府の第二代征夷大将軍。徳川家康の第三子。武家諸法度の制定など幕政の整備に努めた。一五七五〜一六三二年。

一、問　平川口の堀端へ持出した社は、どこへ行ったのだろうか。
一、答　筆者が聞いているのは、御入国の時までは、下町といっても一町も無い平川御門の外に、平川町といっていた。
平川町の内に、薬師堂があり、御門の外の平川町は、今の麹町へと続き、甲州街道とよんでいた。

平川町の薬師堂の別当天神の社で、預かりたいとの願いで、薬師堂の脇に移して置いたがその町屋も御用地になり、麹町辺りへ移った。

平川天神社も移ったが、その近辺に氏神が他に無かったので、次第に繁昌し、今は平川町の天神として、かなり繁昌している。

上野御門主の支配になり、昔からの薬師堂も社内にあった。
一、問　紅葉山に、秀忠公から建立仰せ付かった山王の社は、今は上野地内にあるが、それにはいつ頃、どのような理由があったのだろうか。
一、答　筆者が聞いたのは、家光《いえみつ》[1]公の幼名を竹千代《たけちよ》様といい、駿河大納言忠長《するがだいなごんただなが》[2]卿の幼名を国松《くにまつ》君といった。

兄弟同腹といえど二男の国松君は、殊の外、御台《みだい》[3]様の愛児であったので、特別に二男であるが、跡継ぎになられるのではないかと下々でも噂をし、上の衆中も、国松君の事を特に尊敬していた。

部屋も、本丸の中に向合い、近習衆[4]は、夜番は両若君様のお世話に伺っていたのであった。その内、国松君の部屋へのみ参るようになった。というのも、御台様からの仰せ付けで、毎晩、種々の夜食を、豊富に下さったからである。

竹千代様の方は、たまには夜食もあったが、いつも物思いにふけって暮らしていた。しかし、永井日向守《ながいひゅうがのかみ》[5]殿が、当番であれば、いつも竹千代様のお話し相手として伺っていたので春日局《かすがのつぼね》[6]が殊の外喜んでいた。

在る夜、日向守殿がお世話に参った時、春日局もお側にいられたが、日向守殿へ、

「最早、若君様のお披露目をされるのであるが、まだ何の指図も無いのはいかなる事であろうか。」

といったので、竹千代様が、

「その方の兄の信濃守《しなののかみ》[7]が知っているから尋ねるように。」

と仰ったので、明朝、参って尋ねてみますと申し上げた。

翌朝、御城から直ちに、信濃守殿へ行き、

「少しお目に掛かりたい。宿直明けからすぐに参った。」

といった。すると信濃守殿が不審に思い、

「早々に何事であるか。」

と尋ねたので、

「特別な事でも無いですが、竹千代様からのお心をお伝えに参りました。」

といえば、信濃守殿は聞きもせず、座を立たれた。それで、日向守殿が顔色を変え、

「そなたは、竹千代様のお心を聞かれないのか。」

と小袖の裾を取っていえば、信濃守殿が、

「竹千代様のお心を、この身形で聞く事は出来ない。貴殿も御城からすぐに参った事でもあり支度をしなさい。」

といって引き下がった。

その後、衣服を改められ、日向守殿を上座に通し謹んで仰せを聞き、

「本日登城して、同役達と相談し、追ってお返事を申し上げる。」

と申し上げた。日向守殿は、「今晩か、明朝参る」といって登城した。

その日の夕方、日向守殿が行かれたら、明朝の様に上座に正し、信濃守殿が申し上げるには、「城で御用の席があり、万民の安堵のためにも若君様のお披露目について同役達一同に申し上げましたら、思案して追って仰せ出られるとの上意でございます。」

との話があったので、日向守殿は竹千代様の部屋へ伺って、その趣旨を言上した。

その後、間もなく春日局が見えられないと、老中方から留守居年寄衆へ尋ねられたら、最近、春日局方からの便りで、女中三人が箱根の関所を通す手形を調えて遣わしたとの事で、「さては、伊勢参詣で、竹千代様へ間違いなく、お披露目を仰せ出られるように。」と神仏に願いを掛ける志だろうと諸人が推察した。世間では《春日局の抜け参り》といった。

春日局は間もなく下向され、その後、駿河から飛脚が来て近々大御所様がお下りされるとの事で、いつもの様に小田原までお迎えとして老中方を遣わした。到着の日になって、将軍様も、品川御殿までお迎えとして入られご対面された。

「今晩は大奥へ行って御膳を召し上げる。」

との仰せで城へ行かれた。

御台様は、殊の外喜ばれ、待ち受けられていらした。

西の丸から本丸へ入り、奥へ通られて、御台様へ対面され、将軍家のご相伴で御膳を召し上られた時、両若君様も御膳を共にしたが、大御所様は国松君のお側付きの女中に向かわれ、

「竹千代が相伴するのはもっともである。国松が相伴するのは無用であるので連れ出せ。」

と仰った。

その後、御台様へ、

「総じて、兄弟で天下を取るという事は無いので、国松が成人すれば、国主となり、竹千代の家来となって奉公するより他は無い。それ故、幼少から仕付けるのが大事である。これが国松のためである。」

との仰せで、将軍様をご覧になり、

「あの人の幼少立ちに、竹千代程似ている者は無い。それ故、一層我等の秘蔵である。」

と仰れば、将軍様は、

「恐れ多い事です。」

とご挨拶された。

御台様には、兎角の仰せも無く、赤面され当惑の様子であった。

その後大御所様は、上総国東金《かずさのくにとうがね》辺りへ泊られ、お鷹野をされた。

その後、竹千代様の様子は、前とは格別となり、誰も国松君の部屋へ伺う事はしなかった。春日局が、伊勢参宮の時、駿河の御城へも上ったのは、確かな事だとさる老人の話を聞いたけれど、時も移りその上、公儀の事故、虚実の事はわからない。

このように家光公は、大御所様の御蔭で天下のお譲りも受けられたという思いがあり、特に東照宮様を信仰され、天海《てんかい》8僧正と懇談され、本丸の庭で前将軍様が西の丸から入られ目障りにならない所に、権現様のお宮を小さく建立され常に拝礼された。そのお社は、未だに紅葉山御宮の後ろに残っている。

台徳院《たいとくいん》9様ご他界後、正月の喪が過ぎて天海僧正へ仰せ付け、

「今後は、権現様をして、当御城の鎮守とされる。」

と仰せ出になり、古来紅葉山にあった山王の社を上野の寺内に移されその跡に今の御宮を新たに建立仰せ付け、御神体は元和四年（一六一八）浅草寺内に建立された。

「御宮の御神体を遷座するように。」

と仰せ付け、浅草寺観音・別当観音院が御供したので、今でも紅葉山御宮は、諸事、浅草寺から勤めている。

1　徳川家光。追号、大猷院。江戸幕府の第三代将軍。秀忠の次男。一六〇四～一六五一年。
2　徳川忠長。別名、駿河大納言。官位、権大納言。江戸時代前期の大名。駿河駿府藩主。秀忠の三男。一六〇六～一六三四年。
3　崇源院。安土桃山時代から江戸時代初期の女性。秀忠の正室。一般には江、小督、江与として知られる。一五七三～一六二六年。
4　主君の側近に仕える者。
5　永井直清。日向守。江戸時代前期の大名。小姓・書院番頭として、秀忠に仕える。一五九一～一六七一年。
6　斎藤福。安土桃山時代から江戸時代前期の女性で、徳川家光の乳母。一五七九～一六四三年。
7　永井尚政。信濃守。江戸時代前期の大名。日向守直清の兄で、自身も小姓として秀忠に仕える。一五八七～一六六八年。
8　天海。安土桃山時代から江戸時代初期の天台宗の僧。家康の側近として、幕府初期の政策に深く関与した。一五三六～一六四三年。
9　秀忠の事。秀忠が賜った追号。

一、問　元和年間（一六一五～一六二三）、下野国日光山建立については天下の誰も知らない者は無かった。江戸の浅草寺内に、東照宮社を建立された事については、知り及ばない事である。浅草寺の、いずれの所を指して、御宮の跡というのであろうか。

一、答　筆者が聞いているのは、権現様が駿河の御城内で、御他界される以前の事である。御宮の跡の事は、板倉内膳正重昌《いたくらないぜんのかみしげまさ》殿へ仰せ置かれた時、日光山の御宮は江戸を極めた事でもあれば、江戸表で諸人が、参詣のために御宮がある方がよいと思われた。しかし、一山を切り開く事は出来ない。

幸い、祈願所であれば、浅草寺観音堂の側に、簡単に建立する様に仰せ置いたので御他界後、日光山の御宮建立は伺ってお移しの時、江戸御宮も内膳正殿が申し上げたので日光山の、普請がはじまった時から、浅草寺内の御宮も普請がはじまった。

日光の御宮が出来たのは、元和四年（一六一八）四月一七日、御遷居の刻限に浅草寺内の御宮でも御遷座の決まりがあり、諸大名方・旗本衆が参拝した、今の観音堂に参れば、左の方に淡島大明神のある辺りは竹やぶで、その辺りまで御宮の跡と伝えられている。

御宮は、総じて回りに堀があり、本社《やしろ》へ参って門前に掛かっている石の橋は今も残っている。その他、御宮付の護摩堂は御宮類焼の時も焼け残っており、今は不動堂に用いられている。気を付けてよく見れば、所々に葵の御紋が残って見える。

1　板倉重昌。内膳正。江戸時代初期の大名。三河深溝藩主。後に島原の乱で城に突撃を敢行して戦死。一五八八〜一六三八年。

一、問　そなたが聞いている通りであれば、権現様が御在世の時、指図された御宮であれば、永々共に浅草寺内にある御座宮の他、御宮というのは、上野の寺内に建立されているが、どんな理由があったのだろうか。

一、答　その事を、筆者が聞いているのは、元和年間までの観音堂は、北条家からの建立で《武州川越の城主　大道寺駿河守政繁《だいどうじするがのかみまさしげ》[1]是を奉行す》と棟札に書いてあった。

しかし、数年たち残らず破損し、諸堂と共に傾き、苔が生えていた。

東照宮の御社は、近年の普請であり光輝いていた。古来の観音堂は大破し、特に見苦しいというので公儀へも達していた。

或る時、この辺りで御鷹野をされ、観音堂の近所を通られ、諸堂の大破の様子をご覧なされた。

その後、観音堂の建立を仰せ出られ、諸堂共に残らず、普請が出来た。

その時、別当観音院《べっとうかんのんいん》[2]と内藤右近《ないとううこん》[3]殿が心安かったので、山門に近い東南の方に当る、今の火除けの空地となっていたのを、貸地にした。

左近殿から、家作を申し付けたところ、その家から出火し、折からの南風が激しく山門へ吹付け、それから次第に焼け広がり、本堂をはじめ諸堂が残らず焼失し、その上、権現様の御宮までも類焼した。

そうであるから、別当から重ねて建立を願い上げるのは出来ないので、内々で諸堂の事を差し置いて、観音を安置し、本堂をどの様にでも簡単に、建立して下さるようにとの事であったが、取上げられなかった。

或る時、別当を御城へ呼び、阿部豊後守《あべぶんごのかみ》[4]殿が仰るには、「元来、浅草寺は、公儀からの建立地では無いが、思し召しで建立したところ、門前から出火し、諸堂が残らず焼失し、その上、御宮までも類焼した事は、不調法な思いであるが、そういうわけで、再興を仰せ付けられ建立する事になった。」といわれたので、別当はじめ一山の僧俗達は有難く思った。

東照宮社は、御神体も先立って紅葉山へ入られ、今は拝殿だけである。

堂の建立は、延長されると仰せ出があったが、その時の建立された諸堂が今の観音である。

筆者が十二、三歳の時の事である。

1　大道寺政繁。駿河守。戦国時代から安土桃山時代にかけての武将。後北条氏の家臣。一五三三～一五九〇年。
2　忠運。浅草寺別当。一六三〇?～一六八六年。
3　内藤政親。右近大夫、丹波守。江戸時代前期の大名。陸奥泉藩主。一六四五～一六九六年。
4　阿部忠秋。豊後守。江戸前期の近習出頭人、老中を務める。武蔵忍藩藩主。一六〇二～一六七五年。

一、問　紅葉山の御供所の前にある、石の手水鉢《ちょうずばち》に、浅野但馬守長晟《あさのたじまのかみながあきら》[1]と銘が彫ってあるのを、諸人が不審がっているが、紅葉山の御宮へ献上するのは御三家方の他には無い。外様の大名衆の中で、但馬守殿一人に限って手水鉢を献上、というのは何か理由があるのだろうか。

一、答　但馬守殿の御内室は、権現様の姫君で、はじめは蒲生秀行《がもうひでゆき》[2]へ縁付かれましたが、秀行様の死去の後、浅野但馬守殿へ再縁され、紀州の御前様といわれた。

東照宮の御社が、浅草寺内に建立されたので、手水鉢を、献上したいといったけれど「但馬守室」ではいかがなものかと「但馬守長晟」と、銘を彫り付けた。

実は、お姫様からの寄進なので、浅草寺の御宮跡に焼残ったのを、紅葉山へ移した。そのため、元和四年（一六一八）と彫り付けたと、人伝えで聞いた。

1　浅野長晟。但馬守、侍従。江戸時代前期の大名。安芸広島藩初代藩主。一五八六～一六三二年。
2　蒲生秀行。飛騨守、侍従。安土桃山時代から江戸時代初期の大名。陸奥会津藩主。一五八三～一六一二年。

第五話

西の丸の事

一、問　今の西の丸というのは、いつ頃築造されたのであろうか。

一、答　筆者が聞いているのは、関東御入国の時は、今の西の丸の所は野山で、所々に田畑があり、春には桃、桜、梅、つつじなどの花が咲き、江戸中の諸人の遊山場所になり、天地庵という常念仏堂[1]もあったそうだ。

後に、権現様が御隠居されるとの仰せで、堀・石垣などの外部の構造が出来て、その中に御屋形[2]も揃った時には新城といった。

それで本丸と分離し、紅葉山下通りを半蔵門の方へ通り抜けて往還[3]出来たので、新城の築造後は、紅葉山を諸人の慰めの場所とした。

兼ねては、新城を御隠居所にとの思い召しであったが、関ヶ原の勝利後、天下統一のため、駿府を御隠居とされたので、新城も曲輪[4]の内となった。

さらに、紅葉山下と坂下の両所に締りの門が出来て、本丸と一まとまりに仰せ付けられたので、山王の社へ参詣が出来なくなり、皆が、氏神詣の際に迷惑しているとの事が耳に入り、半蔵門の外の堀端に、山王権現の社を新たに建立するよう仰せ付けた。

別当には西教院、神主には日吉大膳《ひよしだいぜん》を仰せ付け、殊の外繁昌したが、明暦三年（一六五七）の酉の年の大火事の時に類焼した。後に、今の山王の宮地へ移すように仰せ付けた。

1　絶えず念仏を唱える事。
2　貴人の家や宿所。
3　行き帰りする事。
4　城の周囲の囲い。

一、問　そなたが聞かれた通りであれば、西の丸が普請される前は、西の丸の曲輪も無い筈である。御入国された時、西の丸下辺りの様子は、どのようであったであろうか。
一、答　関東御入国も久しい事である。

筆者は知りようが無いが、筆者が若年の頃、小木曽太兵衛《おぎそたへい》という者がおり、権現様が浜松におられた時、親以来の御持筒同心[1]として天正十八年（一五九〇）御入国のお供をし、関ヶ原・大坂両度の陣にも、お供をした。

その者が年を取って息子をご奉公に出し、自身は隠居をした。

筆者の養父の北条氏長《ほうじょううじなが》殿が、子細あって目を掛け、手元へ呼び寄せて養っていたので、筆者が幼年の頃から、小木曽の物語を、朝夕聞いていた。

ささいな事にご奉公を勤める者達なので、重要な事は知らないが、時代の奇妙な事件などの分からない事を、浅野因幡守《あさのいなばのかみ》[2]殿も、筆者の養父へ申しつけ、近習の者をして、すぐに尋ねた事も度々あった。

小木曽の話では、御入国の時は、今の外桜田門が立っていた所には、扉が無い大きな木戸門が立っていて、小田原門といっていた。

今の、八代寄りの川岸の辺りは、漁師達の家があり、魚を買い求めたい時には漁師達が調えてくれた。

御入国の翌年であったか長雨が続いた後、大南風が吹き、高潮が揚がり、例の漁師町が水浸しになったので、漁師達は船に妻子を乗せ家財を積み、今の馬場先門辺りの、畑の中の大木へ船をつないで、食事の用意をしているのを、御城へ御番に上った時に見た。

その後、新城が出来たので、西の丸下の曲輪《くるわ》も出来て、外桜田門が建った時、この門は以後、外桜田門といったので小田原門とはいわないようにと頭中が申し付けたと、小木曽がいっていた。

すべて西の丸下は地高であり、西の丸の御掘なども掘ったので、大量の土があって、漁師町近辺の芦原《あしはら》は、大方築地のようであった。

漁師町は、間もなく一続きの町屋となり、魚屋、その他、種々の売買物もあったので、名を日比谷町といって、殊の外繁昌したが、その後再び曲輪となったので、今の日比谷町へ移ったと小木曽が話していた。

1　将軍の鉄砲を預かり、与力・同心を率いて旗本を警衛した。
2　浅野長治。江戸時代前期の大名。備後三次藩初代藩主。因幡守。浅野長晟の庶長子。一六一四〜一六七五年。

一、問　御入国の時、それまで、遠山丹波守《とおやまたんばのかみ》の居城というのは、どのようなものであったのだろうか。

一、答　その事も、小木曽が語るには、遠山時代の城というのは、石垣などで築いた所は一ヶ所も無く、総じて芝土居で、土手には竹木が茂っていた。

御入国の時、本丸・二の丸・三の丸の間には、深い空堀があったので、早速埋めさせたので、殊の外広くなった。

中仕切の石垣が出来てからは、以前の御城の面影が無く、大いに様子が変わったので、若い時分、御番に上っていた頃を思い出してみても、どこが以前の堀跡であったか、合点がいかなかった。

その時、外溝の大手門といっていたのは、今の百人御番所の門である。

その時というのは、今は、内桜田大手の門の辺りから三の丸・平川口までの間には、掻上げ[1]土居のような外郭の形があり、土手には竹木が茂り、四、五ヶ所ばかり海端に出て、みすぼらしい木戸門があって、中には遠山の家中の侍達の屋敷の地で大きな家もあったが、小さい家が多かった。

籠城の時、失火もしないでそっくり残っていたので、御入国の時は殊の外役に立った。

寺も二、三ヶ所あったが、その寺は、間もなく他へ移させたので金子《きんす》を下さった。

その後その場所は、総じて内曲輪になり、外大手・内桜田の門を立て、その中に老中方・諸役人衆の屋敷があったのは、大猷院《たいゆういん》様[2]の代までの事であった。

外の大手の橋が、はじめて掛けられた年の、八月十五の曇りなき月夜に、老中方が申し合わせ、橋の上に毛氈《もうせん》や薄縁《うすべり》を敷いて、夜更まで大酒盛をしていたら、本丸の御側衆により、みなで橋の上で月見をしていると、君主の耳に入り、お重の内を下されるとの上意があった。

今では考えられない事ですが、確かにあった事です。

1　空堀を掘った土を、掻上げて土塁にする。

2　家光の事。家光が賜った追号。

第六話

御城内の古来家作の事

一、問　御入国の時、城内にあった遠山時代の屋敷は、すぐに壊され、御殿を新規に仰せ付けたのか、又は、暫く以前の家作りのままであったのだろうか。

一、答　その事は、土井大炊頭《どいおおいのかみ》[1]殿が家老達へ申されたのを、大野知石《おおのちせき》が語っているのを聞いた事がある。

権現様が御入国された時、先の城主遠山の城内の家は、いうまでもなく二の丸・三の丸の外郭にあった家もそのまま残っていたので、当分城内で住む場所が無いという事は、無かった。しかし城内の家に、柿葺[2]というのは一ヶ所も無く、やっと日光杉・甲州杉で取葺《とりぶき》屋根にして、台所は萱葺《かやぶき》で広くしたのだが思っていたより古家で、玄関の上り段に、船板の巾の広いのを二段に重ね、板敷をしない土間であったので本多佐渡守《ほんださどのかみ》[3]殿が、

「これは、あまりに見苦しい。他国からの使者もある。せめて玄関回りを、普請仰せ付けるのがよい。」

といったので、

「その方は余計な事をいうな。」

と土井大炊頭殿に笑われ、家作の事はお構いもなく、本丸と二の丸との間にあった堀を埋める普請を急がせた。

1　土井利勝。大炊頭、侍従。安土桃山時代から江戸時代前期の武将、大名。下総小見川藩、佐倉藩を経て同古河藩初代藩主。老中・大老を務める。一五七三〜一六四四年。
2　屋根を葺くのに使う薄い板。
3　本多正信。佐渡守。戦国時代から江戸時代前期の武将、大名。相模国玉縄藩主。老中を務める。一五三八〜一六一六年。

一、問　そのように狭くては、普段であれば事が済むが、家中が総出した時はいかがであったろうか。
一、答　筆者が聞いているのは、お国替の時、万事を置いて家中の大身・小身に限らず知行の割の事を急ぐようにとあって、総奉行には、老中の中で榊原式部太輔《さかきばらしきぶたいふ》殿を仰せ付け、その下に、青山藤蔵《あおやまふじぞう》・伊奈熊蔵《いなくまぞう》・その他御用目付衆などは、軽便な陣屋を構え、その所へ妻子を引越させた。

江戸城の御番は、知行所から通い番にするように仰せ付けたので、家中の大身・小身達に拝領の知行所へ、妻子を引越させ、手回しよくはかどった。

小身は、知行所の名主の家、又は寺院などを借り、当座の住居とした者も多かった。

江戸表には、近所までの奉公をした人々・諸番頭・諸物頭・その他、役人衆は妻子を知行所へ引越させ、自身と人馬を、江戸城附近に小屋場を受け取り、小屋掛けをして奉公した。

一、問　旗本・諸御番方の衆は、遠近の知行所から通勤するのは大変な事である。これについてはどうだろうか。

一、答　聞いているのは、その頃、江戸で御城の近所の町家に番方の定宿がいくつもあった。知行所の遠近によって、その町家に何日も逗留し自分の番、他の番という事も無く毎日出勤し、御番帳面には名判さえして置けば一、二ヶ月分の勤務が済んだようにすると仰せ付かった。

その内、次第に、江戸で屋敷を拝領仰せ付かり、小屋掛けもされ、そこに次々と家を建てていった。

玄関の上り台の船板を、長い間そのままで、貴人の家の普請も思いの外簡単なようであったので、家中衆拝領の屋敷の家作も、身上不相応な質素なものでも非難する者も無かった。

それらの事は、長崎彦兵衛《ながさきひこべえ》が物語っていたのを聞いたのである。

国替された年の九、十月頃は、家中の大身・小身の侍達の引越も、大方片付き、駿府をはじめ四ヶ国の旧領は、何方かへ引き渡されるとあって、使者を大坂表へ差し向けた時、関白秀吉《かんぱくひでよし》[1]公が浅野長政《あさのながまさ》[2]にいうには、

「三河・遠州・甲州などは当然である。駿府の城まで引払うというのは、更に合点がいかない。どのように手回したのか、家康の言い付ける事には凡人が及ばない事が多い。」

といって大いに感心されたと、徳永如雲斉《とくながじょうんさい》の覚書にある。

1 豊臣秀吉。別名、羽柴筑前守秀吉、天下人、関白、太閤。。戦国時代から安土桃山時代にかけての武将。一五三六～一五九八年。

2 浅野長政。弾正少弼、侍従。戦国時代から江戸時代前期にかけての武将、大名。常陸真壁藩主。一五四七～一六一一年。

第七話

増上寺・浅草寺の事

一、問　江戸表で、三縁山増上寺《さんえんざんぞうじょうじ》[1]を菩提所・金龍山浅草寺《きんりゅうざんせんそうじ》[2]を祈願所と仰せ出られたのは、御入国後の事とは、その通りであろうか。

一、答　この事について種々の理由を聞いている。

筆者が聞いているのは、権現様が御入国された時は、天正十八年（一五九〇）八月上旬というのは違いないが、北条家[3]を攻絶し、その跡を拝領するのは、以前から決まっていた事なのだろうか。

権現様が小田原表へ着陣された後、江戸表で祈願所にされ、天台宗の寺と、菩提所にもされるような、浄土宗の寺を調べて選ぶようにと仰せ出になった。

その時、浄土宗のそのような寺は増上寺・伝通院という二寺があり、そのうち伝通院は、古跡ではあるが、一向宗の在所であった。

増上寺は前には海、後ろは山を抱え、殊の外景地でもあり、その上、江戸の城へも程近い距離であった。

祈願所は、浅草寺観音堂より他に、適当な天台宗の寺は無いとの事であった。

それならばというので、増上寺方丈と、浅草寺観音院を、小田原の御陣所へ呼んで、御目見得を仰せ付け、両寺で境内乱妨禁制の書付けを下された。

祐筆衆から、その書付けを認め差し上げれば、ご覧になって、

「浅草寺へ遣わす書付けは卯月日を認めるように。」

と仰せ出られたら、祐筆衆から、

「すべて、このような書付けは、月の異名を書かないものである。」

と申し上げたら、仰せ出るには、

「増上寺は菩提所であれば四月日と認め、浅草寺は祈願所なので、異名でも差し支えないので、卯月日と認めるように。」

と仰ったが、かなり前なので、事実の真偽は分からない。

その頃、観音は古跡とはいいながら形だけで、不繁昌であった。寺中の坊主達も、古来から

三十六坊と言い伝えられているが、その内十坊だけが清僧[4]で、残りの坊中は、すべて山伏[5]同様の妻帯坊主達で、公儀の祈祷所には不都合ではないのかといわれたが、何のお構いも無かった。

当時は、正月・五月・九月には城内で定例の大般若転読[6]の祈祷があり、その時は、

「公儀の祈祷は、観音堂へ出勤の時にも、清僧だけ出て勤めるように。」

と仰せ付けられたため、妻帯坊主達は自から寺中の徘徊が出来なくなったので、我が子を清僧に仕立てるか、弟子を清僧に仕立て寺を譲り、自身は寺内へ隠居所を構えて引込んだ。そのため、清僧だけとなった。

1　東京都港区芝公園にある浄土宗の大本山。
2　東京都台東区浅草にある聖観音宗の寺。仁王門は第二次世界大戦で消失。下は消失前。現在は再建されて宝蔵門。
3　本姓は平氏。後北条氏はもと伊勢姓。氏綱の代に北条姓を称した。
4　品行の正しい僧。
5　仏道修業のため、山野に起臥する僧。
6　経を転読して徐災・招福・護国を祈る。

第八話

神田明神の事

一、問　御入国の時は、神田明神[1]の社も城内にあった事について、どのように聞いているか。

一、答　神田明神の社は、城内にあったのではない。

今の、酒井讃岐守《さかいさぬきのかみ》[2]殿の上屋敷の所は、古来、明神の社地で、御入国の時は、大木が茂り、その中に宮居があった。

毎年九月の祭礼の時は、その木立の中に幟を並べて近所の町方から栗・柿をはじめ、種々の売買物を持出して、人出も多かったので、殊の外賑やかであったと小木曽《おぎそ》が物語っていたのを聞いた。

その後、年を経て、この辺は曲輪の内になり、明神の社も今の所へ移り、社地の跡は、土井《どい》大炊頭《おおいのかみ》殿の屋敷になった。

神田門の矢倉も、大炊頭殿に預けられていて、大炊頭殿の代から、息子の土井《どい》遠江守《とおとうみのかみ》[3]殿の代になっても、水車の紋所を付けた幕が張られていた事を、筆者も覚えている。その時、門の外の橋を、大炊殿橋といっていた。

そのため、今でも神田祭礼の時は、例の屋敷表門の前に神輿が下ろされ、屋敷の主から馳走される。

1　東京都千代田外神田にある元府の社。
2　酒井忠勝。讃岐守、左近衛権少将。江戸時代前期の武将、大名。若狭小浜藩初代藩主。老中・大老を務めた。一五八七〜一六六二年。
3　土井利隆。遠江守。江戸時代前期の大名。若年寄を務める。土井利勝の長男。一六一九〜一六八五年。

一、問　神田明神の祭礼の時、神事能の興行というのは、昔からの事のように聞いているが、近来はじまったのであろうか。

一、答　神田祭礼には、昔から神事能があったわけでは無かった。

筆者が聞いているのは、京都で関白秀吉《かんぱくひでよし》公の時代に、暮松太夫《くれまつだゆう》といった者がいて、秀吉公に気に入られた四座[1]のようであったが、理由があって、上方の徘徊を止めて江戸へ下った。

その当時、名のある猿楽達[2]の江戸下りは少なく、暮松太夫が思い掛けなく、江戸に下ったので、武家・町家に限らず、乱舞に押し寄せた族は、いずれも暮松太夫をもてなした。

中でも大伝馬町にいた五霊香《これいこう》という町人が、乱舞を好んだので暮松を取持ち、町年寄の佐久間《さくま》の子供を、暮松に弟子入りさせて、自分の住居の中に舞台を作り、稽古能[3]の興行をはじめた。

その後、相談をして暮松の助成のため、神田の社で、神事能をはじめた時、町年寄達の働きで、江戸中から費用を出させ、それを集めて暮松方へ遣わしたので、安心して生活出来た。

その後、暮松が亡くなり、子供も幼少だったので能興行を止めた。

関ヶ原の戦の後は、四座の達者も江戸へ下ったので、神田神事能を再興したいと観世太夫方へ頼んだ。

北条家繁昌の時、北条氏直《ほうじょううじなお》[4]の能の師匠として、保生四郎右衛門《ほしょうしろうえもん》という者を招いていわれたのは「保生太夫方が病気なので隠居する」といったので、小田原に下り、氏直の舞を指南したのがはじまりで、小田原中が残らず保生流となった。

天正一八年（一五八〇）になって、北条家断絶となったので、氏直を助けた役者をはじめ町方の乱舞に集った者までが残らず江戸に出て渡世した中に、右の通り暮松太夫が下り、神事能がはじまり、小田原崩れの役人達が、この能に出ていたので、保生太夫を目に掛け、暮松太夫の跡代わりに取持った。

事実かそうでないかは、分からないが、筆者が若年の時、ある老人が物語っていたのを聞いたのであった。

暮松太夫の子孫は今は、太々神楽《だいだいかぐら》を打つ頭となっている。

1　大和猿楽から出た能の観世・宝生・金春・金剛。
2　平安時代の芸能で、一種のこっけいな物まねや言葉芸を行う者。
3　練習のために能を演じる。
4　北条氏直。戦国時代から安土桃山時代にかけての武将、大名。相模の戦国大名で小田原城主。一五六二～一五九一年。

第九話

江戸町方普請の事

一、問　関東御入国後、町づくりはどこからはじめると仰せ付かったのだろうか。

一、答　長崎彦兵衛《ながさきひこべえ》や小木曽太兵衛《おぎそたへえ》がいうには、今の日本橋筋から三河町川岸通の縦堀を掘る事からはじめて、次々と縦堀横堀ができて、この土を掘端に山のように積み上げた。それを、諸国から来る人達の願い出により、町屋を割下されたので、勝手に揚げ土を引き取って地形を築き、屋敷取りをして表通りには、まず、葭垣をして置き、追って家作をして引越しをした。

はじめは、町屋願いをする者が少なかったが、伊勢国の者達が多くやって来て、屋敷が欲しいとの知らせがあった。

その町屋敷が出来た後は、表に掛けた暖簾を見ると、一町の内の半分は、伊勢屋という書付けが見られた。

東の方は、地形が低く御城内へも遠かったので、栄えないと御上へ通じると、遊女町をつくるのを許され、葭原の場所を拝領仰せ付かったので、四方に堀を掘って地形を築き、家作を調え、遊女達を多く集めた。昼の間は諸人が来たけれど、その道筋が、葭原で物騒だったので日が暮れると人通りが無くなり、生活が出来ないので、女歌舞妓の許可を願ったら許された。それで町中に舞台を建て、桟敷を掛けて芝居をはじめた。

京や大坂にも無い見世物とあって、貴賤共に入り込んで、殊の外繁昌し、細道の左右にある茨原も切り払って、江戸中から出店をし、茶屋も多く並んだ。

後に、葭原町から、

「今では、宿泊する人も多く渡世がしやすくなったので、女歌舞妓を止め、芝居の跡を町屋にしたい。」

とあり、願い通りとなった。

その後、猿若彦作《さるわかひこさく》という狂言師が、

「京や大坂に、昔からある芝居を、許可して下さるように。」

と願ったので、許可され、今の堺町を取り立て、踊子を集め、狂言芝居をはじめた。

筆者が若年の頃の彦作は、年寄りで、狂言を演じていた。

その弟子に猿若勘三郎《さるわかかんざぶろう》[1]がおり、この子孫は今でもその場所で芝居をしている。

踊子達は、いずれも前髪立であったところ、石谷将監《いしがやしょうけん》[2]殿が町奉行の時、どこへやら、振る舞いに行った先で、浪人小姓が出て、酒の相手になり、賢く立回ったので、将監殿が居合わせた客に、

「あの浪人小姓は何者の息子であろうか、われらは心休まる児小姓を集めているので、世話をしたい。」

というと、居合わせた客が、

「堺町にある歌舞妓子なので、そなたが口添えするような者では無いですよ。」

といったのを将監殿が聞かれ、帰宅した後、そのまま与力同心を堺町へ行かせ、名主へ言付け、今夜中に踊子の前髪をそり落とすようにいった。

しかし、元来、若衆歌舞妓というのは許可されている事である。

踊子の中に、太夫の一人は前髪を立たせるようにとの事で、その夜中に速やかに今までの通り、野郎頭[2]となった。同役の神尾備前守《かんおびぜんのかみ》[3]殿へ翌朝御城で将監殿がその事をお話になった。

1　猿若勘三郎。初代中村勘三郎。江戸時代初期の歌舞伎役者。一五九八〜一六五八年。
2　石谷貞清。別名、十蔵。左近将監。江戸時代前期の旗本、北町奉行。一五九四〜一六七二年。
3　神尾元勝。通称、五郎三郎。備前守。江戸時代の旗本、南町奉行。一五八九〜一六六七年。

第十話

小僧三ヶ条の事

一、問　権現様の時に、小僧三ヶ条の話を、諸役人方へ御聞かせになったという事が、世間で噂になった。そなたはどの様に聞いているか。

一、答　小僧三ヶ条の話は、世間では色々言い伝えられているが、筆者が聞いているのは、ある時、権現様の御前に、諸役人が呼び出されて、

「誰か、小僧三ヶ条について、聞いた事があるか。」

と御尋ねになり、

「誰も、そのような事は、聞いた事はありません。」

と申し上げれば、

「それならば、聞かせてあげよう。」

との上意で御雑談された。

ある田舎の寺へ、在所の旦那百姓が来て、私は子供を多く持ったので、一人はお寺の弟子にして出家させたい、と願い出た。頭を剃り、受戒をさせていたが、ある時、その小僧が親元へ逃げ帰ったので、お坊様が呼び戻しにやったが、帰らないといった。

その両親が来ていうには、

「私たちの息子は、もう寺には帰らない。あなた様をご出家人とも思わない。まだ年も行かない小僧達に、無理な事を言い付けたからです。」

と、不満をいった。お坊様がいうには、

「両親の願いに任せ、自分の弟子にしたけれど、是非、取戻したいのならば、そなた達の心次第である。しかし、それはどのような理由だろうか。」

と尋ねた。両親がいうには、

「息子は、寺から帰ってきていった事は、三つあります。第一に、朝夕、味噌のすり方が悪いといって叱られた。第二は、お坊様の頭の剃り方が悪いといっては、叱られた。次には、用をたすために便所に行っては、叱られた。これらは、すべて、無理というものである。年も行かない小僧の小腕で、味噌をすれといっても上手くはすれない。まして、お坊様の頭を小僧に剃らさせる事もよく無い事である。更に、用をたしに、便所に行きたかったのに、行くなとは、それではどうしたらよいというのか。」

と罵られたので、住職がいうには、

「息子がいったのを、本当だと思うのは、道理であるが、全くそのような事では無かった。味噌というのは、すりこぎでするものであるが、小僧は杓子の甲ですったので、寺中にありったけの杓子を、残らずすり破り、その上、来客のために用意しておいた杓子の甲までも、このように壊してしまった。」

と答え、すべて取り出して見せた。

「便所は、柱の手前にある常の便所には行かなかったのだ。近頃、代官衆が来られて、当寺を宿とした時のために、村中の世話で客殿の脇に作っておいた便所ばかりを使っていたので無用とした。私の頭を、小僧に剃らせたのだが、それは知らない事だな。小僧は、剃刀をよく使って覚え、自分の頭も自分で剃っていた。人が頼めば、誰の頭でも剃っていたので、私の頭を剃らせれば、ついでにあちこち切って、このように頭を傷だらけにした。」

といって、頭巾を取って見せ、両親は殊の外とまどった。

「すべての役に勤める者は、このような軽い事でも聞いて置いて、心得ておくように。」

との命であった。

第十一話

御入国の時、町方盗賊の事

一、問　御入国した頃は、町方の盗賊達が入り込んで、殊の外難儀した。そこで仕置で、盗賊を追い払ったというのは、事実だろうか。

一、答　筆者が若年の頃聞いた話では、その通りで、盗賊達が諸方から集まり、思いの外物騒になった事を、権現様が聞かれ、

「なんとしても盗賊の張本人を召し捕えるように。」

と奉行中に仰せ付けた。

その頃、関東に名を得たスリの大将鳶沢《とびざわ》[1]という者を、捕えて縛り、牢舎へ入れたと申し上げれば、

「その盗賊を召し出し、本来ならば仕置になるところだが、一命を助け、その者の働きで他の

盗賊に江戸へ入り込まれないように、申し付ける事。」

との仰せ出があった。

奉行中からその旨を申渡せば、鳶沢が聞き、

「命をお助け下さる事は、有り難いけれど、他から入り込む多くの盗賊達を、私一人の力で防ぐというのは出来ない。どこかに屋敷地を下されるのなら、私の手下の者達を集め、その者達に監視をさせましょう。しかし私の手下の者も盗みを止めさせると、生活の手段がなくなるので、武家や町屋に限らず、他の者達が古着を買うのを止めるように仰せ付け、私を古物買いの元締役に仰せ付け下さるように。」

といえば、願い通りになり、遊女町の近くで一町四方の葭原を屋敷に下された。

そこから開拓し、鳶沢町と名付け、町屋を築き、手下の盗人達を、古着買いに方々へ出し、その者達へ言い付けて監視をしていたので、間もなく盗人達が江戸へ入り込む事が出来なくなった。

それで、筆者が若年の頃までの、古着買いというのは、決まって二人連れで立ち、布で作った長い袋を担ぎ、一方は「古着！」と呼べば、一方は「買う！」といって、町屋の軒下を左右へ、分かれて歩いた。

その担いだ袋の口を、二つに割き、端を麻縄で巻いて、その下に鳶沢の印が付いていた。もし盗人で無い者でも、古着買いをしたいと思えば、鳶沢の手下に願い、例の袋を受け取るといった具合であった。

次第に、世の中が落ち着きだしたので、盗賊の行為も古着買いも無くなり、鳶沢町も今は富沢町に文字を変え、葭原町も、いつの頃からか吉原町と、文字が改まった。

1 鳶沢甚内。江戸時代初期の盗賊。小田原北条氏の家臣であったたが、後に盗賊団の頭となる。生没年不詳。

第十二話

御入国の時、江戸にて博奕の事

一、問　御入国された時、江戸では博奕が流行っていたが、仕置きをして、すぐに止めさせたという事を、どのように聞かれているか。

一、答　その事を筆者が若年の頃、聞いたのは、権現様が浜松・駿府におられた時も、博奕は諸悪の根元とあって、御意で城下はいうまでもなく、国の領内で、御法度になされていた。関東へ御入国された時、北条家による取り締りが無かった後でもあり、江戸はもとより、関八州の全域で、僧俗男女の区別もなく、博奕を打つという事を聞かれて、板倉四郎右衛門《いたくらしろうえもん》に仰せ付けた。その頃には、盗賊も多かったので、その盗人達を牢屋に入れ、博奕をした者達を、すべて捕え、片端から成敗を仰せ付けた。

その頃、浅草辺りで博奕をしていた者を五人捕え、その者たちが獄門に掛かっていたところ

を、お鷹野に出掛けられた時ご覧になり、帰られた後に博奕の取調べに関わった者を、御城へ呼び、

「罪人をお仕置に申し付け、その首を獄門に晒して置いたのは、諸人に見せしめのため。五人の一座の博奕打ちは、いつ、どこで、何をしてこうなったという事を、札に書き記し、人の多い場所に晒すように。」

と仰せ付けた。

その心得は、十人の一座で捕えれば十ヶ所に分けてお仕置を行い、その首をその十ヶ所に掛けて置いた。それで二、三年の間には博奕はなくなった。。

その博奕のお仕置の事は、浅野因幡守長治《あさのいなばのかみながはる》殿が、筆者の養父・北条安房守氏長《ほうじょうあわのかみうじなが》に、申し付けて、小木曽太兵衛に尋ねるようにとの事であり、太兵衛の申す通りを口上書に認め、差し出した事を、特によく覚えている。

その後、島田弾正《しまだだんじょう》殿が町奉行をしていた頃、博奕は厳しく取り締っていると、博奕が訴えられ、同心達が六十人も捕えて来た。その中に、年の頃、五十位の坊主がいた。弾正殿が、その坊主に、

「その方は、頭を丸めたのに、博奕をしていたとは猶更不届な事である。元来は、医者か出家

か、何者であるか。」

と尋ねたら、その坊主が、

「私は、医者でも出家でも無い。自分の親は、忍《おし》の城主・成田殿《なりた2》のところで、連歌の執筆役を務めていた者である。成田殿が亡くなった後、親も浪人となって亡くなり、私も浪人に成り渡世の方法がなかったので博奕の仲間に入り、湯番として湯茶を持運ぶ役をして、食事をさせてもらって、世を送っていた。」

といった。

禅正殿は、

「博奕というものは、いかようにするのか。」

と坊主に尋ねると、

「分からない。」

というので、博奕く仲間へ尋ねたら、

「坊主のいう事には間違いない。」

との事で、坊主に、

「その方は、連歌師の子というのが本当ならば、連歌をするであろう、一句詠んでみよ。」

といった。

坊主が承り、霜月だったので

朝霜や　またときやらぬ　縄手道

と詠んだところ、弾正殿が聞かれて、この発句に対して、縄を解いて許し、

「今後は博奕の座に交わる事を止め、どうしても食べ物が無いならば、町年寄達のところを回り、何でも貰うように。」

と申し渡したので、その後は、方々へ徘徊し、心配する事なく生活した。

1　島田利正。弾正忠。安土桃山時代から江戸時代前期の武将、旗本、江戸町奉行を務めた。一五七六〜一六四二年。
2　成田氏長。左衛門大夫・左馬助・下総守。戦国時代から安土桃山時代にかけての武将、大名。武蔵国忍城主。後に下野烏山藩主。一五四二〜一五九六年。

第十三話

御城内鐘楼堂の事

一、問　御入国した頃は、御城内に鐘楼堂があり、六時の鐘を突いたと、言い伝えられているが、その通りであろうか。

一、答　筆者が聞いているのはその通りである。鐘楼堂があった所は、昼夜共にうるさかったので鐘ではなく太鼓にする事になった。しかし、今まで、城中の鐘を聞き馴れている者達が難儀したので、

「町中で場所を見定めて鐘を突かせるように。」

との事で、今の石町《こく》だろうか、

「町奉行衆の承諾により鐘を突く堂を作り、その鐘を釣りたい。」

とお伺いをたてたところ、城中でも入用との事で、前の鐘をそのままにして、新しいものを

釣る事になり、昔の鐘は、城中に残った。

筆者が若年の時は、鐘といえば、石町だけだったが、酉年の大火事以後は、江戸の住宅地が広まったので方々で鐘を突くようになった。

第十四話

日本橋の穢多村の事

一、問　御入国の時、今の日本橋の辺りは穢多村といって、弾左衛門[1]の屋敷があったというのは、その通りであろうか。

一、答　筆者が聞いている話では、今の日本橋尼店《あまだな》という辺りは、茨原の中の土地が高い所にあり、弾左衛門という穢多頭の屋敷があった。

大木が多数茂り、一構になっていた穢多村を御入国以後、今の元鳥越《もととりごえ》といった辺りへ、引越すようにいわれたが、

「そのような遠方へ行けば、商売が出来ない。」

と嘆いていたので、

「その方達は、何を商売するというのか。」

と、奉行が尋ねたので、

「灯心[2]でも売ろうかと思っています。」

というと、

「それならば、この度、引越す元鳥越から灯心を持ち出して、以前の場所で商いをするように。」

といわれた。

今も穢多が灯心の商売をして、町人がする事は禁止されている。

今の本町四丁目は、その時お仕置場であったので、神田明神天壬《かんだみょうじんてんじん》の神輿なども、あの地を忌み嫌って通らなかった。

しかし、かなり前の事なので、本当の事かどうか、確かな事は分からない。

1 矢野内記。江戸時代の被差別民であった穢多・非人身分の頭領。代々、弾左衛門を襲名。明治まで続く。
2 灯心。油皿の芯。燈心草（藺い草ぐさ）から外皮を剥ぎ取ったもの。弾左衛門は、お仕置き役の代償として穢多と共に、百姓より藺草を買い上げて、加工から販売までを独占し、十三代まで続いた。

第十五話

西の丸弁慶堀の事

一、問　今の、西の丸外の堀を、弁慶堀[1]というのは、何か理由があったのだろうか。

一、答　筆者が若年の頃、ある老人が語っている事によると、慶長五年（一六〇〇）関ヶ原の戦で勝利された後、上方の中では藤堂高虎《とうどうたかとら》[2]、関東衆では伊達正宗《だてまさむね》[3]が頭取となり、江戸城下に皆も屋敷を拝領したいと願い出た。

しかし、権現様が、

「どちらも、大坂表に屋敷があるので、江戸表に新屋敷は、必要無い。」

といわれた。

それでも、「何としても」との願いにより、外桜田辺りと今の大名小路の辺りに、東西の外様大名衆へ望み通り屋敷を遣わされた。

加州大納言利長《かしゅうだいなごんとしなが》[4]は、先立って母の芳春院が江戸へ下向の時、秀忠《ひでただ》様から御城の大手先にある大屋敷をいただき、それが結構な屋敷だったので、これを屋敷にした。

浅野左京太夫幸長《あさのさきょうのだいぶゆきなが》[5]の義父の、弾正長政《だんじょうながまさ》は、外桜田・霞ヶ関という名所の地を、先立って、屋敷に申請して置いたので、それを上屋敷に用い、老父の弾正の隠居所にしたいといって、他にも添屋敷を申し出た。

その時、大名小路の辺りは、葭原であったが、御堀から揚げ土を、引き取って、地形が出来た。

外桜田辺りは、殊の外、地形に高低があり、土を入手するのに苦労し、それまでは新城の外溝の御堀の巾が、十間余りだったのが、屋敷拝領の、諸大名方からの願いもあり、今のように、御堀の巾も広がり、底も深くなったので、その揚げ土を方々へ、引き取って地形に用いられた。

その時、外桜田に屋敷拝領というのは、加藤清正《かとうきよまさ》[6]をはじめ、黒田・鍋島・毛利・島津・伊達・上杉・浅野・南部・伊藤・亀井・金森・仙石・相馬・水谷・秋田・土方・その他大勢の方々が、御当番御代替り御奉公しはじめ、東西の諸大名により御堀を普請したので、西東の武蔵坊という事で、弁慶堀といったのは、下々の者たちが言い出した事なので、確かな理由では無い。

浅野左京殿の願いで、拝領した添屋敷に、浅野因幡守《あさのいなばのかみ》が居られた。ある時、屋敷に井戸の普請があたっとき、地面の下から、茨の根が多く出てきたのを、人々が不審に思っていたところ、徳永金兵衛《とくながきんべえ》という家老が、

「左京太夫殿が、この屋敷を拝領した時、この辺りは、谷間だったのだが、井伊掃部頭《いいかもんのかみ》[7]殿の屋敷前の御堀から土を取り、埋めたのだ」

と、物語ったのを、筆者が若い頃聞いた。

1　江戸城普請の棟梁弁慶小左衛門に由来。
2　藤堂高虎。通称、与右衛門。左近衛権少将、佐渡守、和泉守。戦国時代から江戸時代初期の武将、大名。伊勢津藩初代藩主。築城の名手として知られる。一五五六～一六三〇年。
3　伊達政宗。権中納言。安土桃山時代から江戸時代前期の武将、大名。陸奥仙台藩初代藩主。一五六七～一六三六年。
4　前田利長。権中納言。贈位、大納言。安土桃山時代から江戸時代初期の武将、大名。加賀藩初代藩主。一五六二～一六一四年。
5　浅野幸長。左京大夫、紀伊守。安土桃山時代から江戸時代初期の武将、大名。紀伊国和歌山藩初代藩主。一五七六～一六一三年。
6　加藤清正。肥後守。安土桃山時代から江戸時代初期の武将、大名。肥後国熊本藩初代藩主。一五六二～一六一一年。
7　井伊直孝。通称、掃部頭。官位、左近衛中将。江戸時代前期の譜大名。井伊直政の次男で近江彦根藩主。一五九〇～一六五九年。

第十六話

吹上御門石垣の事

一、問　秀忠《ひでただ》公の代に、西の丸の吹上御門外の土手を、残らず石垣にするように仰せ付けたとの事。伊豆浦から石を相当量御堀端まで運んだところ、石垣の普請が急に取り止めになったそうだが、どのように聞いているか。

一、答　筆者が聞いているのは、その頃、駿河から大御所様が下向され、今の掃部頭《かもんのかみ》殿の屋敷前の御堀端に、石が多く集められているのをご覧になり、お駕を下させ、松平右衛門太夫《まつだいらうえもんたいふ》殿を呼び、

「あの石は、何のためにここへ集めているのか。」

と尋ねられた。

右衛門太夫殿は、

「ここの御堀端の両方を石垣にするので、その御用石であります。」

と申し上げれば、このような普請がある事をご存知無く、

「これから駿河へ帰る。」

とお供中へ申し渡した。

右衛門太夫殿が、

「仮に、ご逗留をされなくても、今日は、西の丸へお入りください。」

と申し上げたが、お聞き入れにならず、品川の御殿まで帰られ、お茶を召し上がられるとの上意で、急いで右衛門太夫殿から将軍側にご注進申し上げた。

大御所様は、慶長五年以後、三、四年の間、駿府から江戸へ、下向の時は、外桜田門を通り西の丸大手へ入られたので、老中方は、外桜田門へお迎えに出られた。

ご隠居された後は、吹上御門へ回られて入られたので、老中方も半蔵門へ残らず出たが、右の御注進があったので、本多佐渡守殿《ほんださどのかみ》が、早馬で行き、お駕近くに参上すれば、

「こちらへ」

とお言葉を掛けられたので、お側近く伺えば、

「これからすぐにお帰りになるとの事で驚いております。どのようなお考えで、そのような事

を、仰るのですか。」

　と言上すれば、

「この辺りでこのような普請があるとは知らなかった。我等が西の丸に逗留すると普請の邪魔になるので、これからすぐに帰る。」

　という上意であった。

　佐渡守殿は謹しんで、

「公方様も、先程、品川から帰られ西の丸へお入りになりお待ちになっておられるが、大御所様が帰られるとなると、私は、どのようなお咎めがあるのか計り知れません。ひとえに、私をお助け下さると思い、西の丸へお入り下されば、有り難い事であります。」

　と言上した。

　大御所様は、

「その方、変な事を申すな。たとえ、我々が帰ったとしても、その方が迷惑する理由はない。」

　との上意に、佐渡守殿が再び言上した。

「私は、この度、普請の御用を仰せ付けられました。上手く行えると申し上げたら、『それならばその方が行い、完成させるように』と仰せ付けられたので、普請が原因で、すぐに帰られたとなれば、お咎めがあります。私をお救い下さると思って西の丸へ入られますように。」

とお願いした。

右衛門太夫殿は、種々、取り成して申し上げたので、大御所様はお笑いになり、

「この辺を石垣にする事については、まさか、将軍の物好きであろうか、あるいは、その方が物好きなのか。それは言語道断で、好まれない事である。その理由は、将軍が当城に居られるというのは、東えびす[2]の払いのためであれば、ここから奥の方へ向けて、城壁が必要である。京都の方は、味方の地なので、その方へ向けての城壁は、無益である。我が帰れば、その方に迷惑が掛かるというのならば立ち寄ろう。」

との上意で、西の丸へ入られた。

その日の夕方になって、佐渡守殿が、御前に出られ、

「昼に申し上げた通り、この西の丸の石垣の事は、考えて見ても、私の過ちで恐縮です。石垣だけで無く、当城は馬出し[3]というのも見られないので、どこかに一ヶ所仰せ付け下さるよう、お推め致したところ、そのように仰せ付ける上意にて、指図しているところですが、そのうちお耳に入れようと思っておりました。私の再三の過ちで恐縮です。」

と言上すれば、御機嫌悪くも無く仰るには、

「その方、当城に、馬出しがある事を知らないのか。」

と仰るので、佐渡守殿が暫らく思案され、

「当城に馬出しは思い当たりません。」

と申せば、お笑いになった。

「当城に馬出しというのは、大坂の城の事である。差し当たって必要も無いので豊臣秀頼《とよとみひでより》[4]に預けて置いた。すべて将軍の居城も堅固の縄張り・横矢の習い[5]という事は、特に必要でない。」

と、大御所様が、佐渡守殿へ仰ったという事を、聞いたのである。

1 松平正綱。右衛門佐、右衛門大夫。江戸時代初期の旗本、大名。相模国玉縄藩初代藩主。一五七六〜一六四八年。
2 京都の人が東国の人に、無骨さ（風流な事を知らない者）をあざかっていう言葉。
3 人馬の出入を、知られぬようにする土手。
4 豊臣秀頼。内大臣、右大臣。安土桃山時代から江戸時代前期の大名。天下人。秀吉の子。一五九三〜一六一五年。
5 陣列の側面から射る矢。

第十七話

鷹狩り先へ女中方お供の事

一、問　権現様が御在世の頃、鷹狩りには、女中方をお供に連れていかれたというのは確かな事であろうか。

一、答　筆者が若年の頃、小木曽太兵衛《おぎそたへえ》が物語るには、浜松・駿府に居られた時は、通常の鷹狩りのときは、そのような事は無かったが、遠方に、お泊まりで、鷹狩りされる時は、女中衆を六、七人くらいを、決まってお供をされた。

その内、乗物でお供をした女中が一、二人で、その他はいずれも乗掛け馬[1]で、茜染の木綿布団を敷き、市女笠《いちめがさ》[2]の下に、覆面をして、お供をした。

そのため、この度は女中方が御供をするので、御逗留されるのだと、下々のものが推測したとの事です。

関東御入国以後は、忍・川越・東金辺りへ鷹狩りに入られて、何日も御逗留された。急にお伺いを立てなければならない用があると、老中方をはじめ、諸役人中達が、その先々へ、参上したような事もあった。

そのような、長い滞在の時は、女中方も多くお供に連れて行った。

台徳院《たいとくいん》様も、権現様が御在世の頃は、時々、泊り掛けで鹿狩り・鷹狩りをされたが、その後はお止めになった。

大猷院《たいゆういん》様の代にも、鹿狩り・鷹狩りを度々なされたが、泊り掛けというのは無かったので、女中方が、お供する事も無かった。

以前は、御三家方や、仙台中納言《せんだいちゅうなごん》殿・薩摩中納言《さつまちゅうなごん》殿[3]においても、年を取った女中が表向をぶらついていた。

筆者が若年の頃、松平安芸守《まつだいらあきのかみ》殿[4]が、鷹狩りで鶴を拝領し、その振舞が開かれた。その際、小松中納言《こまつちゅうなごん》殿[5]が台所に入って、書斎へ伺われた時、年を取った女中二人が、中納言のお供をし、そのうち、一人が刀を持って、付添って出たのを、筆者は見た。

このような事は時代柄だったので、七十年前では、どこでもあった事だ。

1　一人が乗り、荷物を積んだ駄馬。

2　市で商う女が用いた笠。

3　島津忠恒。中納言、薩摩守、陸奥守。安土桃山時代から江戸時代の武将、大名。薩摩藩初代藩主。一五七六～一六三八年。

4　浅野光晟。左少将、紀伊守、安芸守。江戸時代初期の大名。安芸広島藩主。家康の外孫である事から松平姓を許されて松平安芸守を名乗った。一六一七～一六九三年。

5　前田利常。権中納言、肥前守。安土桃山時代末期から江戸時代初期の武将、大名。加賀藩主。一五九四～一六五八年。

第十八話

信長公秀吉公噂の事
（天下統一後、将軍宣下延期の事）

一、問　織田信長《おだのぶなが》[1]公の手に入った国といえば、十四、五ヶ国も有るか無いかといった時、早くも、天下取りの振る舞いをされ、大臣に任じられた。その後、豊臣秀吉《とよとみひでよし》公は公家に加わり、関白職となって宮中の威光で、天下取りの威勢を振る舞った。しかし、権現様と織田信雄《おだのぶお》内大臣《ないだいじん》[2]の両人は、豊臣家の幕下・旗下という訳でも無く、客人扱いであった。

その他、小田原の北条《ほうじょう》家、水戸の佐竹《さたけ》をはじめ、出羽、奥州筋の諸大名は、天正十八年（一五九〇）までは、上洛などという事も無く、思うままに在国していたようであった。

権現様は、慶長五年（一六〇〇）関ヶ原の一戦に勝利され、逆徒の張本人である浮田《うきた》・石田《いしだ》・小西《こにし》・大谷《おおたに》をはじめ、凶徒を残らず退治された。

その他、佐竹・秋田《あきた》・上杉《うえすぎ》家をはじめ、丹波《にわ》・立花《たちばな》の族は、知行を減少して、所替をさせた。

又は、領地を取上げ、秀頼《ひでより》公を平大名にしてしまったが、日本の国中で、異議を申す者は一人も無かった。

将軍宣下の知らせも無くて、官位も以前の内府様で、三、四年いたのを、当時の天下の人々が不審に思っていた。この事をどのように聞かれておられるか。

一、答「自然・天然の道理を用いず、事の印を急ぐというのは、小人のやる事で、よくない。」と申し伝えられている。

権現様のお噂を、筆者のような者の口から申し上げるのは、恐れ多い事であるが、権現様であるから別に不審な事では無い。

その理由はこうである。その頃、天下統一の上で将軍宣下の知らせが無い事について、外様大名衆の中でも、申し上げる方もあり、第一に禁裏向からも催促らしい内勅の知らせがあった。

そのような時、金地院[3]と藤堂高虎《とうどうたかとら》の両人が、御前にてお話の折、すぐにも将軍宣下をなされるだろうと、下々で噂をしている、との事を申し上げれば、それを聞かれた権現様は、

「我が将軍であるというのは違いない。だが、天下の万民が、安堵になるというのが大切な事である。その上、諸大名も、方々で国替・所替があって多忙な中で、我が将軍宣下をするのは、難しい事だ。」

という上意であった。

天下統一の後、二年の間は何の発表も無く、慶長八年（一六〇三）将軍宣下がなされた。

1 織田信長。右大臣。戦国時代から安土桃山時代にかけての武将、戦国大名。室町幕府を事実上滅亡させ、畿内を中心に強力な中央政権を確立させた。一五三四〜一五八二年。

2 織田信雄。内大臣。安土桃山時代から江戸時代初期の武将、大名。信長の次男。豊臣秀吉と小牧・長久手で戦ったが、その後に和睦。関が原では家康に味方した。一五五八〜一六三〇年。

3 崇伝。通称、金地院崇伝。字、以心。江戸時代初期の臨済宗の僧。徳川家康に招かれて駿府に金地院を建て、政治外交に深くかかわり黒衣の宰相と称された。一五六九〜一六三三年。

一、問　権現様将軍宣下の後、諸大名方をはじめ、日本国中の寺社も御朱印を下されたのであろうか。
一、答　天下統一の後、譜代・外様の大名方へ、国替・所替を、仰せられたのは、慶長五年（一六〇〇）から二、三年の間である。すべて、権現様の代に、仰せ付けられた事ではあるが秀忠《ひでただ》公様の代になってから、そのはじめに御朱印を下された。
今では、御朱印の年号に頼って、国替・所替・御加増地は、すべて秀忠公様が仰せ付けたように思われているが、全くそうではなかった。

第十九話

伏見城で、討死衆の子息に跡目仰せ付けの事

一、問　上杉景勝《うえすぎかげかつ》[1]征討に当たる、関ヶ原の戦いの前、伏見の御城で、討死されたのは鳥居《とりい》彦右衛門《ひこうえもん》[2]殿・内藤弥治右衛門《ないとうやじうえもん》[3]殿・松平主殿頭《まつだいらとのものがみ》[4]殿・松平五左衛門《まつだいらござえもん》[5]殿である。この四人衆の嫡子のいづれにも、亡父達の知行高と同じだけ加増がされ、跡目を保って所替を仰せ付けた。

中でも鳥井左京《とりいさきょう》[6]殿は、常州矢作の城主四万石のかわりに、奥州岩城の城主十万石を下され、間もなく二万石の加増がされて、都合十二万石になった。その上、岩城へ行って、亡父の彦右衛門のために、寺を建立するようにとの上意で、入国して、ただちに寺を建立し、父親の法名から、長源寺と名付けた申し上げたら、知行百石を、寄付されたと、世間でいわれているが、その通りであろうか。

一、答　筆者が聞いたのも、その通りである。

慶長七年（一六〇二）、権現様の代に、水戸の佐竹《さたけ》を秋田へ国替を仰せ付けた時、岩城《いわき》殿[7]の領地を取り上げ、その跡を左京殿へ下された。

長源寺へ、寺領を寄付されたのも、権現様の代である。その後、秀忠《ひでただ》公様から、御朱印を下された時もその文言は、権現様の指図であった。

文言は、

「於奥州岩城郡岩崎之内塩村鳥井左京亮亡父彦右衛門尉為後世令一ヶ寺立号長源寺領百石寄付之候生領堂就次寺家門前山林木諸役等令免許之永く不可有相違者也」慶長十六年正月十五日。

1　上杉景勝。参議、近衛中将、権中納言。戦国時代から江戸時代初期の武将、大名。出羽米沢藩初代藩主。一五五六〜一六二三年。

2　鳥居元忠。通称、彦右衛門。戦国時代から安土桃山時代の武将。伏見城の戦いにて討死。一五三九〜一六〇〇年。

3　内藤家長。通称、弥次右衛門。戦国時代から安土桃山時代の武将。伏見城の戦いにて討死。一五四六〜一六〇〇年。

4　松平家忠。通称、主殿助。戦国時代から安土桃山時代の武将。伏見城の戦いにて討死。一五五五〜一六〇〇年。

5　松平近正。通称、五左衛門。戦国時代から安土桃山時代の武将。伏見城の戦いにて討死。一五四七〜一六〇〇年。

6　鳥居忠政。左京亮。戦国時代から江戸時代初期の武将、大名。陸奥国磐城平藩主、のちに出羽国山形藩主。元忠の次男。東国の軍事的押さえの役を務めた。一五六六〜一六二八年。

7　岩城貞隆。安土桃山時代から江戸時代前期の武将、大名。信濃中村藩主。兄の佐竹義宣の命に従って上杉景勝征伐に参加しなかったため、所領の磐城平を没収された。一五八三〜一六二〇年。

一、問　昔は、その時の将軍家が、家臣のために寺院を建立なされる例があったのは本当であろうか。

一、答　筆者が伝え聞いたのは、明徳の乱にて京都内野の合戦の折、山名陸奥守氏清《やまなむつのかみうじきよ》[1]の戦死を、足利将軍家・鹿苑院《ろくおんいん》[2]殿は、非常に感賞され、諸大名に、山名の首を拝するように申し付け、その上、氏清の追善のためにといって、北野の経堂を建立した。

次に、織田信長《おだのぶなが》公が、まだ若年の頃、父親の弾正《だんじょう》[3]が後見役に付けた侍に、平手中務清秀《ひらてなかつかさきよひで》[4]という者が、信長公の行跡が悪い事に苦労し、種々意見をいったが、一向に聞き入れ無かったので、増々の悪行跡を重ねたのを見かねて、戒める文言を数ヶ条を書いて差し出し、自身は自殺した。

信長公はその時、目の上の瘤が取れた思いであったが、成長し物事が分かるようになると、この事を悔やまれたので、平手の忠義を奇特にも不憫に思って、濃州の内に、寺を建立し、平手山清秀寺と号し、仏具など寄付した。

その他、権現様から、鳥井元忠のために、長源寺を建立仰せ付けたように聞いている。

そのような理由で、岩城の長源寺にある御朱印は、他に類のない御朱印であったと伝えられている。

1　山名氏清。陸奥守。南北朝時代の守護大名。室町幕府侍所頭人、丹波・和泉・山城・但馬守護。一三四四～一三九一年。

2　足利義満。別名、鹿苑院、日本国王、室町殿。室町幕府三代将軍。一三五八～一四〇八年。

3　織田信秀。弾正忠、備後守、三河守。戦国時代の尾張国の武将、大名。信長の父。一五一〇～一五五一年。

4　平手政秀。監物、中務丞。戦国時代の武将。信長の傅役。一四九二～一五五三年。

第二十話

秋の年貢収納の事

一、問　毎年秋になって、村里の収穫物を年貢収納の仕方について、俗に「権現様流」と呼ばれているようだが、聞いてはいないか。

一、答　そのような事について、筆者が聞いた事は無い。

しかし、その質問について少しは知っている事がある。

大猷院《たいゆういん》様の代で、老中方が皆、御前へ出て御用が済んだ後、土井大炊頭《どいおおいのかみ》殿に上意があった。

「その方の領地に、桃の木が多く植わっているのは、本当か。」

とお尋ねがあり、大炊頭殿が申し上げるには、

「確かに仰る通りで、古河の領地を拝領した時は、領地の百姓達が大変薪に事欠き、誰もが困っていたので、当地の町方へ言い付け、江戸の家臣の子供に相応の物を与えて仕事にさせて、

桃の実を、拾い集めさせると、ひと夏の間に大分拾い集めました。それを俵に入れて、古河に送り、野畑はいうまでもなく、百姓達の屋敷回りにも、植えて置くようにといったところ、三、四年の間に成長し、今は、大変役に立っていると聞いておりますが、しかし私はその後、見た事はございません。」

と言上したので、

「その方も、交代で四、五十日位滞在して、領地の様子を見るようにしなければならない。」

との上意があった。

その後、大炊頭殿は、三十日程暇を頂いて古河へ帰城し、滞在中に領内を見て回わった。その後、家老達を呼んで申した。

「権現様の代に、毎年秋になって、諸代官衆の支配所地へ行くために、お暇を下された時は、御前へ召され、じかに上意をされた。それは村里の百姓達に対して、死なぬよう生きぬようにと理解させ、年貢を収納をさせるようにとの上意を毎年、仰せ出られた。前の年、私が、当地を拝領した時、その方達も知っての通り、領地を残らず見回ったが、村里の百姓達の家居に、家らしい家は一軒も無かった。この度は突然のお暇を頂いたので、その間に領内の周辺を見回わったが、どの村にも、一人前な家を作っている百姓達が多く見られたのは、奇妙な事である。

もしかすると、百姓達を生かし過ぎたのではないだろうか。郡奉行・代官達によく申し付け、年貢収納は念を入れて行うように。」

といったと、親である大野仁兵衛《おおのじんべえ》[1]が話していたと、大野知石《おおのちせき》が雑談していたのを筆者が聞いた。

もしかするとこのような事が、「権現様流」の年貢収納の仕方であると、思われてしまったのではないだろうか。

七十年余り前は、諸国が秋になると、その村の名主である者の家では、水籠木馬《すいろうもくば》という物を用意して、年貢を収納しない者達を水籠に入れ、木馬に乗せて責め立て、年貢を収納させた。

近年は、百姓風情までも正道になり、律儀に収納するようになったので、例の水籠木馬も不要になった。

1　大野仁兵衛。江戸時代前期の武将。下総古河藩の家臣。?〜一六五一年。

第二一話

皆川老甫斉の事

一、問　公儀の一流の役人であっても、用字を覚書にして、脇差しの下緒に結び付けていたのを「老甫掛《しにすけかか》り」といった。この事はどのように聞かれているか。

一、答　老甫《しにすけ》という人は、関東御入国までは小田原衆で、皆川山城守《みながわやましろのかみ》[1]と呼ばれていた後に、松平上総介忠輝《まつだいらかずさのすけただてる》[2]公の付人に仰せ付けられ、忠輝公が信州飯山の城主の時、家老職であった。

そのため、常々上総介殿へ意見を申し立てたが、ある時、何事か強く意見をいったら、上総介殿が機嫌を損ね、すぐに死罪にするといった。その時、付人の立場から申し上げたという事をお伺いをたてたら、台徳院《たいとくいん》様が仰せ出るのは、

「山城守は、上総介の家臣であればいかような事であれ、上総介の心次第であるが、上総介が幼年の時、山城守の才覚で大御所様の御前にて取り計らい、源七郎康忠《げんしちろうやすただ》[3]の養子とさせ、上総介

にした者である。それを忘れ、死罪を言い付けるのは、適切でない。それでは承知しないなら、特別に暇を与えたらどうか。」

との上意で改易させた。

山城守は仏門に入り名を老甫と改め、適当な者を二人連れて京都へ上り、智積院《ちしゃくいん》内に閉居し、その子息の志摩守《しまのかみ》[4]は、武州八王寺辺りへ、引込ませた。

大坂冬の陣の時、上総介殿は大和の総大将の仰せ付けを受け上洛した。その時、老甫は上総介殿の陣へ行き、取次の者に、

「私は勘当者で許しを受けたくて参った。」

というと、それが上総介へ伝わり、対面する事になった。

ところが、以前の山城守とは違い、墨染の衣を着て、殊の外年老いてやせ衰えた体を見た、忠輝公は、頻りに落涙し、老甫を側近くに招き寄せ、今昔の話をした時、老甫がいうには、

「この度、大坂で御奉公する事をどのように思われていますか。出過ぎた事でありますが、私が思うには、この度は、勝れた働きをされなくてはと思います。」

といえば、忠輝殿は、

「我等も、以前からそのように考えていたが、この度の先手は、井《い》伊《い》掃部頭《かもんのかみ》・藤堂和泉守《とうどういずみのかみ》の両

人が仰せ付かった。どうしたものだろう。」

といったので、老甫がいうには、

「御両人が、先手を仰せ付かったというのは、上方でも、噂をしているのを聞いている。私思うには、大坂表へ着陣されたら、こちらの隊列を、全軍の先頭にたて、敵城近くへ押しつけます。城中から突撃してくれば、一線を交え、敵が出てこなければ、虎口へ押し向け、適当な場所を固め、いつも一番に合戦をすればよいでしょう。井伊・藤堂の軍も、あなた様と前後して、争う事が出来ない。その上で両家が異議をいうならば、この老甫に任かせなされ。」

といえば、忠輝公は殊の外喜ばれ、非常に感謝し、

「その方は、暫くどこかに忍んでおるように。」

といった。

その後、玉虫対馬《たまむしつしま》・林牛之丞《はやしうしのしょう》・その他、花井主水正《はないもんどのしょう》以下の、家老達を呼出し、上総介殿が思っている事を、申し出て相談した。

しかし、玉虫・林の二人が、口を揃えて、

「それは以ての外です。井伊・藤堂が、先手を仰せ付けられた事は、お上の命令です。それを破れば、たとえ、いかような軍功をなされたとしても、御奉公にはなり得ません。その上、井

伊・藤堂の両人の手前いかがなものであるか。そのようなお働きは無用である。この度、大坂で御奉公を立てる機会は、他にいくらでもあります。」

といった。

他の家老達も、この両人が申し上げた事と同じ考えで、強く御無用といったので、その通り評議された。

その後、老甫を呼出し、上総介殿が申すには、

「その方の思い付きを当然だと思い、家老達に相談したが、対馬・牛之丞の両人が、強く無用という。家老達も同じで、思っている通り決着した。そなたも、大坂へ同道する際には、そのように心得るように。」

といえば、老甫が聞かれ、

「玉虫・林も、他のいずれの家老達も、そのように思っているのであれば、なるようにならない。私は申し上げたように、お供したいと思いこのような仕度で参りました。」

墨染の襟を押しあけ、黒皮おどしの具足を着込んいるのを、上総介殿にお目に掛け、その上でいうには、

「私は、今朝、智積院を出て、老いた足でここまで歩いて来たので、殊の外疲れました。お勝

手で暫らく休息致します。」

といって、退出した。

それからすぐに、志摩守の旅宿へ寄って息子を門外へ呼出し、

「我の願い通り勘当の許しをいただいて、御目見得出来た事は、老後の喜びである。以前から思っている事を、殿は、出来るだけ同じお考えにて家来達に相談されたが、不届者達が心を合わせ、強く御無用といって差し止めになり、かなわなかった。私は、大坂へはお供せず、これから帰参いたす。その方も、今から支度を調え、夜通しで井伊掃部頭殿の陣へ行き、直孝のお力を借りて、奉公をする事が大事である。存命であれば再び会えるだろう。」

といって、智積院へ帰った。

今、流布している記録の中に、皆川老甫が、上総介殿の家老として大阪へお供したと書いてあるのは、間違いである。

上総介殿は、五月六、七日の合戦に間に合わず、他にも大御所様の思し召しもよくなかった事もあり、大御所様が駿河でご病気の時、ご機嫌伺いとして、上総介殿が上られたけれど、御目見得する事も出来ず、ご他界の時のご遺言では、預かりの身と仰せ付かりになられた。

その後、皆川志摩守は、大坂の陣の一戦、五月六日の若江での働きの事を、井伊掃部頭殿に

申し上げたので、呼び出され、名も山城守となり大御番頭[5]に仰せ付けられた。老甫にも、特別にご扶持方の拝領を、仰せ付けられた。

老甫が、

「この度、息子が山城守に思い掛けなく召し出され、その上、結構な役まで仰せ付かり、報恩に適い有り難く思っております。私にも、特別ご扶持方を下された事に重々、有り難く思っておりますが、ご覧の通り、何の御用も立たない者が、ご扶持方をお受けするわけにはいかないのでお断り致します。」

といえば、老中方が、

「隠居扶持を拝領するのは、願ってもない。そなたへ下されるのは思し召しがあっての事であるので、お断りする必要はないであろう。」

と申したので、重々有り難いとお受けした。

その後、御用があるとの事で呼び出され、老甫が登城すると、土井《どい》大炊頭《おおいのかみ》殿が仰るには、

「その方が、年取って、大儀とは思うが、今後は、毎日暮頃から、西の丸へ上り竹千代《たけちよ》様の御前で何事でもお聞かせになり、お心得になるため思った事など、退屈させぬように、雑談を申し上げ、お耳に入れるようにしなさい。応対には、林道春《はやしどうしゅん》[6]・大橋竜慶《おおはしりゅうけい》[7]の、二人を仰せ付けた。

二人に物語るのを、お聞きになるようにしたい。」

との上意で、それから、毎日、暮頃より老甫は、西の丸へ登城した。竹千代様ははじめは難しく思っていた様子であったが、次第に聞かれるようになった。

その際、老甫は年を取って、物覚えが悪くなっていたので、その夜に物語る事を、忘れないように書付けをして、脇差しの下緒に結び付けて、御前へ出る前に一通り目を通して参上したのを、人々が見習って、西の丸付の人々はいうまでもなく、後には、本丸の役人中も、なにかと御用がある時は、同様に脇差しの下緒に結び付けた。それを「老甫掛り」と世間で言い習わすようになった。

1 皆川広照。法名、老甫。山城守。戦国時代から江戸時代前期の武将、大名。常陸府中藩初代藩主。一五四八〜一六二七年。
2 松平忠輝。上総介、左近衛権少将。安土桃山時代から江戸時代中期の大名。越後国高田藩主。一五九二〜一六三八年。
3 松平康忠。通称、源七郎。戦国時代から江戸時代初期の武将、旗本。一五四六〜一六一八年。
4 皆川隆庸。志摩守。老甫の子で安土桃山時代から江戸時代前期の旗本、大名。常陸府中藩初代藩主。一五八一〜一六四五年。
5 江戸幕府の職名の一つ。軍事組織。
6 林羅山。法号、道春。江戸時代初期の儒者。一五八三〜一六五七年。
7 大橋重保。法号、竜慶。江戸時代初期の能書家。幕府右筆を務める。一五八一〜一六四五年。

第二二話

伝奏屋敷はじまりの事

一、問　伝奏屋敷《でんそうやしき》[1]の評定は、いつ頃、はじまったと聞かれているか。

一、答　筆者が聞いているのは、慶長五年（一六〇〇）関ヶ原の一戦の前までは、公家衆が江戸に参上する事は無かったが、天下統一の後、伝奏の参上は、毎年の事となった。公家衆のおもてなし所として、新たに普請されたものを、伝奏屋敷といった。

それまでは、老中方の家で諸役人が、式日の寄合[2]も行っていたが、幸い伝奏屋敷がいつも空いていたので、寄合所として使うようになり、老中方の個々の家での寄合は止める事となった。

寄合の日になって、朝夕の賄いは、下奉行に仰せ付け、他の事も支障なかったが、老中方をはじめ、その他、お歴々の給仕をする者の手配を、いかがするか、と思案していたところ、板倉四郎右衛門《いたくらしろうえもん》殿が、

「給仕人は、葭原町の役回りである。番人にすべての遊女を出させるように。」

といった事から葭原町の役回りとなった。

葭原町から伝奏屋敷前まで、遊女を船に乗せて連れて来る時、船の上には、笘[3]覆いをして、幕簾[4]を掛けたのが尾形船のはじまりである。

その後、評定所は、手負い傷の罪人なども召し連れて来たので、場所も穢れ、その上、毎年伝奏公家衆が参上し、逗留する間は、評定も止めなければならないのは、どうしたものかとあって、別に評定所の普請がされ、町方の賄いも止め、城内からの賄いとなり、給仕役の坊主が詰めるようになった。

1　武家が、取次いで奏聞する宿所として、設けられた邸宅。
2　寺社奉行。町奉行。勘定奉行。大目付・目付が毎月四、十二、二十二日の式日に、評定所で集会評定をした。
3　菅や萱を菰こものように編んだもの。
4　幕のようにして竹を編んだもの。

一、問　その時代は、様々な事を手軽に済ましていたとは聞いていたが、老中方まで出入りする評定所へ、葭原町の遊女風情がうろつくなど許されない事である。虚説ではないだろうか。

一、答　筆者は、寛永年間の生まれなので、確実な事とはいえないが、そのような事もあった。

詳しくいうと、文禄年間、上方で大地震があり、京都の大仏の像などが崩れ、権現様の聚楽の御館も大破し、御家人衆中も押しつぶされ、死んだ者もいた。

その時、伏見の小幡山城中で、築地の所に立っていた、奥向きの御館も崩れ、仲居以下の女中、五百人位が亡くなったので、老女中が、太閤の前で、

「今度の地震で、多くの下女達が圧死したので、急いで代わりの女中を召し抱えてください。」

と申し上げると、秀吉公は、

「いくら下女風情の者であっても、それほど多くの者を早急に集める事は出来ない。」

と、玄以法印《げんいほういん》[1]に話し、

「六条島原町の太夫風情を集めて使い、そのうちに、替りの下女達を集めるように。」

と、言い付けられたので、気の利いた言い付けと、評判になった頃ならば、評定所の給仕人に葭原町の遊女も相応の事と、板倉殿は考えない事も無かった。

1　前田玄以。民部卿法印。法号、徳善院。戦国時代から安土桃山時代の僧侶、武将、大名。丹波亀山初代藩主。豊臣政権の五奉行の一人。一五三九～一六〇二年。

第二三話

江戸武家町方寺社等普請の事

一、問　江戸の侍屋敷・町方・寺社などの、普請・家作は以前から、今のようであったであろうか。

一、答　七十年前の酉年の大火の時までは、譜代の諸大名の屋敷には、関東御入国の時の家作も所々に残り、慶長五年（一六〇〇）以降に、江戸で屋敷を拝領し、家作をした外様大名方の屋敷は、大体、その時代の、普請のままであった。

その時の、井伊掃部頭《いいかもんのかみ》殿の上屋敷は、以前は、加藤清正《かとうきよまさ》が建てたものだ、という事であった。

筆者が若年の頃、機会があり、その屋敷を隈なく見物したので確かに覚えている。

玄関からはじまり、表側は、ほぼ全てが金貼付け[1]の絵間があり、表門は、桁行[2]が十間程もあるように見えた。

矢倉門に至っては、小さい馬程もある金だたみの犀を、五匹彫ってあり、外向きのすべての長屋の折り回わしの丸瓦は、金の桔梗の紋所があり、真夜中でも光り輝いて見えた。

その他に、国持大名の屋敷は、大抵、二階門作りにして種々の彫物がしてあった。当時、五万石ほどの領地がある大名の屋敷はすべて、玄関から書院は、金貼付きの絵間で無くてはならないかのようであった。

なかでも御三家の皆様は、御成門として唐破風《からはふ》[3]作りにし、金の種々の彫物をして、申し分なく立派なものであった。

しかし、尾張殿の半蔵門の中の屋敷は失火で焼失した。竹橋門の中の紀伊殿・水戸殿の屋敷にあった御成門は、筆者もよく覚えている。

松平伊予守《まつだいらいよのかみ》[4]殿にも、将軍様が御成りになる時に、御三家の皆様と同様に、御成門にてお迎え出来るようにとの内意があったので、出来たその御門は、仙人揃いの彫物がされ、新しかったので尚更光り輝き、場所柄、大手先だったので人通りも多く、見物人が絶えなかったので、その頃、世間では「日暮の御門」といわれていた。

御成門のあったこれら屋敷は、酉年の大火で残らず類焼した。その後も、数度の大火があったため、諸大名の普請は、軽減された。

酉年までは、町の普請も念入りで、大伝馬町・佐久間町といった町の表家は三階屋にし、二階には黒塗りにした櫛形窓[5]を開け並べていたので、特に目立っていた。

そのような家作も、酉年の大火で焼失し、町方は、その後も度重なる火事で、町人の家作も次第に簡素になっていった。

神社仏閣は、以前に比べると、立派になった方だと思う。

今の深川八幡宮[6]・牛の御前[7]・金龍山聖天の社[8]・穴八幡[9]・赤坂小六の宮[10]の社はわずかな祠だけの宮立であったが、今は、見事な宮居となっている。ただそれは七十年前の事である。

筆者が覚えている柴庵[11]同様の小寺・小院なども、今は立派な寺作となっているものが多くある。

1　金箔を、襖ふすまや壁などに貼り付ける事。
2　家の桁の通っている方向の長さ。
3　そり曲がった曲線状の破風（屋根の切妻についている合唱形の装飾板）。
4　松平忠昌。幼名、虎松。伊予守、参議。江戸時代前期の大名。越前福井藩主。結城秀康の次男。一五九八～一六四五年。
5　柴で作った庵
6　深川の富岡八幡宮。

7　向島の牛島神社。
8　浅草の本龍院（待乳山聖天）。
9　西早稲田の穴八幡宮。
10　赤坂氷川神社。
11　柴で作った庵。

一、問　今の番町辺りは、以前と変わった様子は、ないだろうか。
一、答　筆者が若年の頃、見覚えのある番町は、表向きに石垣を使用した長屋作りにし、壁土を付けた家は、珍しかった。屋敷回りには、大抵、竹藪で覆われ、その中に、萱葺の居宅長屋を作り、小さい門が立った屋敷がかなりあった。
今では、竹藪の外囲いをした屋敷は一軒も見当たらない。

このように、大名方の家作りは簡素になり、小身の人々の家作りは立派になったように思われる。

第二四話

制外の家の事

一、問　当時、御三家方の事であろうか、世間で制外の家といわれるのは、権現様の代からの事であったか、又はその後、いずれの代に仰せ出られた事なのであろうか。

一、答　どなた様の世であったか、制外の家である事を仰せ出られたという事については、筆者は、聞いた事が無い。ただ、世俗の慣わしだという事以外は、分からない。

子細は、台徳院《たいとくいん》様の代では、越後少将忠輝《えちごしょうしょうただてる》公。大猷院《たいゆういん》様の代では、駿河大納言忠長《するがだいなごんただなが》卿。どちらも正しい御兄弟であるが、公儀の作法にのっとり、道理に合わない事があった時は、改易、又は、自害を仰せ付かった先例があった。

少し前でも、御三家方は、兄弟の家柄といいながら、公儀の大法を大切にお守りなされ、少なくても、制外らしい事をなさったようには思われない。

慶長十五年（一六一〇）、秀忠《ひでただ》公の代に、越前少将松平三河守忠直《えちぜんしょうしょうまつだいらみかわのかみただなお》[1]の家中で、久世《くぜ》但馬守《たじまのかみ》という一万石の領地する者と、岡部《おかべ》自休《じきゅう》という町奉行役の者とで論争が起こり、その時、三河守殿が若気の至りで、理非を聞き誤り、但馬守を成敗した。

その後で、家老中が仲介に入ったが、決着しないので、公儀の取り扱いとなった。家老達をはじめ公事係りの者達を、残らず江戸へ呼び、数日の審議の上、裁きについても、大方相談が済んだ時、評定衆の中から、

「去年、堀越後守《ほりえちごのかみ》[2]家老達の争いごとの時、堀丹後守直寄《ほりたんごのかみなおより》[3]が駿府へ上り、直訴申し上げたので、お取り上げとなり審議の上、裁きを仰せ出られた。越後守は、若輩ではあるが、家中の処置を言い付ける事が出来ないようでは、大国の守護職を、仰せ付ける事は出来ない、との事で越後の国を取上げ、その身を預かりに仰せ付けた。今度の、三河守殿家中の争いごとも、越後の一件と同様であり、同じ問題に対して、二通りの処置とはいかないのではないか。」

との申し出があったのを、大御所様が聞かれ、

「越前は、制外である。」

との一言で評議が済んだ。

間もなく裁きを仰せ付かり、審議の本人である自休は、いうまでもなく、今村掃部助重次《いまむらかもんのすけしげつぐ》・

清水《しみず》丹後守《たんごのかみ》孝正《たかまさ》・林《はやし》伊賀守《いがのかみ》定正《さだまさ》の三人の家老達は、預かりになり、本多《ほんだ》伊豆守《いずのかみ》富正《とみまさ》[4]・牧野《まきの》主殿助《とのものすけ》・竹嶋《たけじま》周防守《すおうのかみ》は、申し分が成り立ち、越前に返され、三河守殿は、何のお咎めも無かった。

その上、

「今回の件で、越前は、家老職の者が少なくなったので、何かと事欠くであろう。」

との上意で、本多《ほんだ》作左衛門《さくざえもん》[5]の嫡子を取り立て、丸岡城五万石の城主として飛騨守にさせ、家老として派遣した。

「本当は、天下をお譲りされなくてはならないのに、越前一国の守護として置いた中納言[5]殿の跡取りだった事もあり、これほどの御用捨を行った。」

と、世間でも噂された。

しかし、越前を制外であるとの事で、このように御用捨されるという仰せ渡しは無かった。

1　松平忠直。三河守、左近衛権少将、越前守。江戸時代初期の大名。越前北ノ庄藩主。結城秀康の長男。一五九五～一六五〇年。

2　堀忠俊。通称、越前守。江戸時代初期の大名。越後福嶋藩主。お家騒動により、改易。一五九六～一六二一年。

3　堀直寄。丹波守。安土桃山時代から江戸時代初期の武将、大名。越後村上藩主。一五七七～一六三九年。

4　本多富正。伊豆守、丹波守。安土桃山時代から江戸時代初期の武将。福井藩家老。一五七二～一六四九年。
5　本多重次。通称、作左衛門。戦国時代から安土桃山時代の武将。徳川家康の臣。一五二八～一五九六年。
6　結城秀康。権中納言。安土桃山時代から江戸時代前期の武将、大名。越前北ノ庄藩初代藩主。家康の次男。一五七四～一六〇七年。

一、問　中納言殿が御在世の頃は、列国の諸大名方とは違って、少しは制外らしき様子があったと聞いてはいないだろうか。

一、答　筆者が聞いた中で、他の大名衆の家々では、聞いた事がない事が四、五件ある。

一つは、慶長五年、御当家による天下統一の後、江戸では諸大名衆のいずれもが居屋敷を願って拝領し、家作をされた。しかしその中で、秀康《ひでやす》公は、拝領屋敷の願いをしなかった。慶長六年（一六〇一）越前の国を拝領し、入国以後はじめて江戸に出府し到着した日は、台徳院様までもが品川までお出向いされ、一緒にお城へ入られた。

秀康公の乗物を、敷台まで横付けにするよう指図され、逗留中は二の丸でご馳走を仰せ付け、家来中の居所として大手先の大久保相模守《おおくぼさがみのかみ》[1]殿の屋敷を明け渡された。

二つは、秀康公が逗留中、夕方の御膳料理は、大抵本丸で、ご相伴を付けられていたが、ある日、秀康公が、少々ご不快のご様子で、急に帰られた。

お供中は、いつもの心得にて二の丸へ戻っていたところ、呼び戻された。玄関でたたずんでいたところ、老中達が次々来られ、当番の旗本衆にお供をするようにと指図し、両御番衆をはじめ、小十人衆・御徒衆までも、公方様が御成りの時と同じように二の丸御殿まで秀康公のお供をした。

三つは、秀康公がある年、木曽路を通り参勤された時、当時は鉄砲が御禁制だったので、道中で持っていた百丁の鉄砲を、横川の関所が差し押えて通させなかった。

そこへ、中納言殿が来られたので、物頭役の人々が事情を申し上げれば、秀康公が聞かれ、

「それはおそらく、他の大名への対応であろう。私だという事を、念を入れて番人達へ伝えるように。」

といった。

その事を、お供中が伝えたところ、番人達の中から、

「中納言殿はともかく、大納言殿であっても、鉄砲を通す事は出来ない。」

との口上を、そのまま申し上げれば、秀康公は面白くなく、

「公儀として発布されている御法度を守り、鉄砲を押えるというのは、尤もである。だが、中納言殿はともかく、大納言殿であってもというのは、公儀を重んじる番人達がいうとは思えな

い事である。私を、何者と知って、そのような雑言をいうのか、不届き千万な奴等であれば、片っ端から残らず、打ち殺すように。」

といったので、お供中は、我も我もと鐺や長刀の鞘に、発止と音をさせた。それを見て、番人達はことごとく、逃散したので、

「鉄砲は残らず越前へ持ち帰るように。」

といって、松井田の旅宿へ戻られた。

関所の番人達は、夜通しで江戸へ向かい、右の次第を言上したところ、大御所様もその時に江戸におられ、その事を聞かれ、

「関所の番人達が、早速逃散というのは、よい判断だった。たとえ、残らず打ち殺されても、中納言を罪人には出来ない。」

との上意で、お笑いになった。

四つは、芦田右衛門《あしだうえもん》・天方山城守《あまがたやましろのかみ》・永井善左衛門《ながいぜんざえもん》・御宿勘兵衛《みしゅくかんべえ》[2]という者は、以前、権現様の旗本として奉公されていた。ある者は同輩を討って御家を去り、または身分を低くされた事が不満で御家を去って、蒲生家へ行き立身した者や、または自責の念に駆り立てられ、高野山に入寺した者達を、越前へ呼び寄せて以前の姓名のままで、家来にしたので、芦田・天方の子孫

は今も越前にいる。

永井は、三河守殿の代になって、旗本への帰参を仰せ付かり、御宿は、越前を立退きそのまま秀頼《ひでより》卿の家人となって、大坂夏の陣の時、討死した。

五つには、列国の諸大名方は、高位高官に進む際は段々と昇進を仰せ付ったが、越前家は、元祖の中納言殿・三河守殿・伊予守殿と、三代続いて参議に授かり、しかも少将からすぐに参議に仰せ付けられたので、越前の中将という事は無かった。

このような事を考えてみると、越前家は制外のように思われる。

1 大久保忠隣。治部大輔、相模守。戦国時代から江戸時代初期の武将、大名。相模国小田原藩初代藩主。一五五三〜一六二八年。
2 御宿政友。通称、越前守、勘兵衛。戦国時代から江戸時代前期の武将。北条家滅亡後、結城秀康に召し抱えられた。?〜一六一五年。

第二五話

土井大炊頭殿と伊丹順斎出合の事

一、問　権現様は、多少物惜しみされる御方であるとも、又は、そうでないともいわれているが、いかが聞かれているか。

一、答　権現様のお噂を、筆者のような者の口から申し上げるのは、恐縮ではあるが、人々の惑いを散らすためとの思いで、愚見を申し上げる。

世間の人が宝というのは、金・銀・米・銭の四つに限る。

これを、用いるのには、善悪三段の、区別がある。

一つは、金・銀・米・銭が、宝である事かをよく考えて、少なくても無用・無益な事に使い捨てる事を惜しみ、常に貯え用いず。ここは財宝を、用い無くてはならない時に、少しも惜しむ心を無くし、是を取り出し、その用事を足すのは、倹約でもある。

二つは、金・銀・米・銭が、宝である事を、知り過ぎ、むやみやたらに貯えてしまう。手放す事を嫌い、財宝を用い無くてはならないくて、取り出してみても、その用に使う事が出来ない心境を指して、惜しみ惜しむ吝嗇《りんしょく》といって、それは人間上下貴賤を問わずよくない事である。

三つは、金・銀・米・銭を、散財する事を、湯水のように使う事と同じように考えて、無益な事に惜しみ無く使い果たすのを「さて器用人の物切らしかな」と、うつけ者が、誉め囃しているのを、よい事と理解し、あればあるほどにやりくりもせず取り出して、撒き散らすようなのを「締りが無い」とも「どうしようも無い」とも名付け、「吝嗇よりも劣った方」ともいった。

その理由は、吝嗇というのは、悪い事とはいうが、自分の手に自分の物を持ち蓄えているならば、物入りの時に望み、了簡さえよくすれば、取り出して、用に使う事が出来る。

ありったけ残さず取り出して、外へ撒き失って、蓄え無しのお勝手事情となり、果てれば、後へも先へも行けずけじめがつかないので、貴賤上下の武士が、弁えるのは道理である。

倹約と吝嗇とは、よく似ているので、倹約を吝嗇の人と間違っていうような事があるが、悪用して、財を用いるのとそうでないとの区別によって、明白に知る事である。

権現様の事を考えると、よく倹約をされたのは、間違いない。

その理由は、台徳院《たいとくいん》様の代の事、勘定方に幕府の勝手の事に付いてお尋ねがあった。多くの利徳があったのを、よくよく考えた上、それを、委細な書付けにし、ある日の朝になって、伊丹順斎《いたみじゅんさい》[1]が、土井《どい》大炊頭《おおいのかみ》殿へ持参した。

対面し例の書付けを差し出せば、

「大体どのような内容であろうか。」

と大炊頭殿がいわれたので、順斎がいうには、

「現在は、旗本衆は、大身小身に限らず、蔵米[2]をもって、俸禄などを下された。その他、大扶持方を拝領している方々にも、同様のやり方でございます。また、諸国の代官所から、江戸へ送られてくる米が多くあったので、運送の費用も掛り、その上、蔵の中に積んで置く間の、補充米や鼠喰いなども、大分、出費となりました。

今後は、蔵米三、四百俵取りは、今まで通りにして、五百俵以上の方々は、領地へ使わす家来にも事欠かないので、いずれも地方の領地へ直接行かせましょう。合わせて大扶持を下された衆中も、俵数の高で、領地を改め、地方にて貰うようにすれば、多くの利益があると勘定方で考えております。

その上、蔵米の多くが、三、四年も越米となっているので、虫喰いとなり、そのような俵に当たった下々の者達は、殊の外、困っております。江戸へ送る米を少なくするよう仰せ付けいただければ、江戸の蔵の棟数も減り、その利は数多くあります。これらの事の次第を書付けて、御城で、同役方が揃った席で差し出し申し上げるのですが、まずが、御内意を伺うため参上致しました。」

その時、大炊頭殿が申すには、

「その事については、この書付けを見るまでも無い。そなたが申した旨は、権現様より、江戸を居城とする事に先立って御指図されていた。その時の上意は、『江戸を居城とする事について、東西南北の諸大名をはじめ、天下の万民が、当所に集まる事になる。通常でも、二十日や三十日も、入舟が途絶える時は、物価が上がるので、多くの者が迷惑する。もし何事か起こって、廻船が不自由になった時、江戸中の者達を誰が面倒を見る事が出来るのか。前から我等自身に、大量の損米があったのは、かねてより知ってはいたが、蔵米を潤沢に蓄えて置くのは、天下を治める者の、役目と思っての事である。当面の損失ばかりに、目を向け、万一の時のための備えが無いというのは、下級の勘定方が考える事である。勘定頭といっている者までが、このような事を、我にまで、言い聞かせるのは、才知能力が乏しく、とんでも無い事である。』という上意で、非常にご機嫌悪く、その時、老中方へ、『一般に、大名が出かける時、雨具を持った中間《ちゅうげん》[3]を処罰しないで喜ばせる事である。と上意した。その後、皆が集まって、先日の雨具持ちのお話は、どのような思いをもっての上意だったのか不思議に思い、話し合った。』仰った。江戸に送られる米の利の件について一々書き立てた箇条の中に、下々の奉公人達が、虫喰米に当たっては、いずれも迷惑するという事を、専一のように書き載せ、これを御覧になられ、上意でもござるだろうか、と推量した。」

右の通り大炊頭殿がお話の上、例の書付けを、お返しになれば、順斎がこれを受け取って、「ただ今お話いただいた事、考え無しの不調法な申し出をしたにもかかわらず結構な物語を聞かせていただき、今後の、私達の大きな心得となりました。」

といわれて、退出された。

右の趣は、直に大炊頭殿が物語ったのであろうか、大野知石《おおのちせき》の雑談を確かに聞いたので、この一事をして、権現様は、御倹約の一筋を用いられ、御吝嗇という訳では、無いとの事を承知した。

1　伊丹康勝。法号、順斎。官位、播磨守。江戸時代前期の旗本、大名。甲斐徳美藩主。勘定奉行を務める。一五七五～一六五三年。

2　江戸幕府所属の浅草米倉に貯蔵した知行米。

3　武士に仕えて雑務に従った者。

第二六話

御使役の事

一、問　以前は、旗本で御使番・御使役衆と二段階の役があったと言い伝わっているが、確かにその通りか。

一、答　その事を筆者が承っているのは、台徳院《たいとくいん》様の代に、大坂冬の陣の時からはじまったという事である。

その頃までの、御使番衆というのは、譜代の旗本衆の中で、何回か陣にて走り回って、奉公をした人々を選んだ上で仰せ付けた。小栗又市《おぐりまたいち》殿は物頭衆であったが、武功の人なので、御使番役も兼ねて勤めるように仰せ付かった。

以前は、老年の衆中ばかりのようであり、その上、仲間嫌いもあったので、同役が少なくなっても、人数を増やせなかった。

従って、仲間が少なくなり、寒い時などは、特に老人には大変だろうと思われて、諸番頭から選んで、仲間入りを仰せ付けた。しかし御使番というのではなく御使役とされ、伍の字の指物[2]は許されず、母衣《ほろ》[3]指物を仰せ付けられた。

「皆、そのように心得えるように」

と言い渡された。

大猷院《たいゆういん》様の代の、はじめの頃、右の古い御使番衆が残っていたが、その人たちも次々と亡くなったり引退してしまっているので、以降、皆、御使番と呼び、伍の字の指物も許された、との事であるので、御使番・御使役と、二役であったのは、それほど古い昔の事では無い。

1　小栗忠政。通称、又市。安土桃山時代から江戸時代初期の戦国武将、旗本。一五五五～一六一六年。
2　徳川秀忠の旗指物。戦場での印旗で、具足の背の受筒に差した。
3　鎧の背につける幅広の布。流れ矢を防ぎ、また、旗指物の一種としても用いられた。

一、問　伍の字の指物は、御使番衆だけに限った事のように心得ている。しかし道奉行[1]衆の四人も、同じ伍の字の指物であるというのは、どうしてだろうか。

一、答　筆者が聞いているのは、道奉行という役は、小田原の陣の頃までは、徳川家には無かったが、慶長五年（一六〇〇）の関ヶ原の陣の前、陣立て先の道や橋の見張り役が必要だろうというので、評議で御使番衆の中から、庄田小左衛門《しょうだこざえもん》殿を道奉行役に仰せ付けた。小左衛門殿が申されるには、

「御奉公の道は、何でも勤めるものでありますので、謹んでお受けいたします。しかし人は、病い煩いもあるので、一人では、困る事もあるので、同役の仲間を仰せ付けください。」

との事であった。しかし、陣立てに差し当たって、入用の御使番衆を仰せ付ける事も出来ないので、大御番衆の中から、武功の人を選んで、小左衛門殿に同役を仰せ付けたので、この人も、伍の字の指物で勤めた。

戦の後、庄田殿は、元の役の御使番に戻るように仰せ付かったが、道奉行というのは、無くてはならないというので、大御番衆の中から仰せ付け、この人も先役に準じ、伍の字の指物で、大坂両度の陣をも勤めてから、道奉行衆も伍の字の指物になった。

1　江戸町奉行支配として、江戸府内の道路・水道を管理する職名。

第二七話

小十人衆の事

一、問　当時、旗本衆で小十人衆というのは皆、由緒正しい方々であり、知行をいただいた上に扶持などを下されたので、着用の具足[1]を一つや二つは、自分の好みに合った物を所持していたが、もし出陣となった時には、公儀から渡された。御貸具足より他に、自分の所持した具足を、着用するという事は出来なかった。これには、何か理由があったのだろうか。

一、答　このような事は、公儀の事であれば、筆者が詳細を知りうる事では無いのだが、そなたが尋ねたので、自分の知っている事を一通りいうと、小十人衆というのは、いずれも、騎馬役では無く、公儀で出陣がある時は、馬廻りに徒士[2]としてお供をする役の衆中である。そのため、ある程度、身が軽く駆け廻る事が、出来る出で立ちで無くてはならず、自分の好みの具足を着用したのでは、このお役を勤める事が出来なかった。

小十人衆の、御貸具足というのは、世間では「海老殻具足」といって、非常に軽く緒通し[3]立った物であれば、たとえ達者でない者も、又は、老人・病人であっても、歩行の邪魔にならない事を肝要としたのである。

更に、小十人衆の御貸具足は、全員が一色の緒通し毛[4]である事が大切である。将軍の馬廻りの事でもあるので、注意を払っての事である。

1 甲冑。
2 江戸時代、幕府・諸藩とも御目見得以下、騎馬を許されぬ軽輩の武士。
3 鎧の札を糸または細い葦でつづる事。
4 鎧のおどしの革・組み糸の緒の類。

第二八話

八王子千本鎗の衆の事

一、問　八王子千本鎗の頭衆組[1]達を置いたのは、いつ頃からの事と聞いているか。

一、答　筆者が聞いているのは、当家が三河にいた頃以来の、長柄鑓衆という人々が、関東御入国の時、すべて小人衆の仲間へ加えられ、陣が上洛という時は、長柄鑓でお供した。この仲間衆は武州の八王子で、新たに召し抱えるようにと仰せ出られたそうだ。

その時は、日光の火の御番というお役も無く、いつでも暇であったので、野畑を開拓する作業をしていた。公儀から下された手当は少ないが、生活のために、我も我もと奉公願いをした。なかでも、八王子滝山寺の先の城主、北条陸奥守氏照《ほうじょうむつのかみうじてる》[2]方に代々奉公した者など、甲州からも多く来た。その頭も大方は、武田の遺臣が仰せ付かったと思われる。

その時は、長柄の数も五百本であったが、関ヶ原の陣の頃から鑓も多く仰せ付け、台徳院《たいとくいん》様が、木曽路を関ヶ原へ出馬される時に、御供を勤めたので、権現様の代はいうまでもなく、大猷院《たいゆういん》様の代やそれ以降も、千本鎗について、老中方の支配下であった。出陣の時、長柄の配置したところや使い方共に、諸家の長柄鑓の使用とは変わった様子もあったが、公儀の事であれば、私もはっきりとは分からない。

1 八王子千人同心とも云う。武田信玄の末娘松姫に起因する。信玄の死後、松姫は家康からの追手を避けて都留郡天目山の奥深くへ逃げた。間もなく、栗原・海洞寺に隠れた後、故国をすてて武州安下山へ潜伏した。お都摩（後の下山殿）が松姫の身代りに出て、家康の側室になったのを機に松姫は八王子の横山に移った。松姫が健在である事を知った信玄衆は続々集って守護するようになった。松姫は八王子信松院に眠っている。

2 北条氏輝。陸奥守。戦国時代から安土桃山時代の武将。一五四〇〜一五九〇年。

第二九話

三池伝太郎御腰物の事

一、問　権現様が駿府の城内で御他界された時の御病気というのは、いかがな病状でおられたのであろうか。そなたは聞かれていないか。

一、答　筆者が若年の頃までは、直参や陪臣[1]の中に、権現様の時代の事をよく覚えている人々が多くいて、その人たちの物語を、度々聞いていた。御鷹野に出かけられた先で、御病気になったが、薬を呑まれたら、すぐに回復された。帰られた後、あまりお召し上がりにならなかったが、これといって、御容態に障られる事も無かったので、次第に快然されると、皆は思っていたが、御自分では、今度の御病気では、中々、快然されないと思っておられた。

そのため江戸表からお見舞いに、将軍様も、早々、駿府へ来られたが、到着の日から御対面の時は、お側衆を払われ、御二人で話された事が度々あった。

その時、将軍様は、御隠居付きで日頃お側近く呼ばれて、話の相手をされる人々を呼び寄せた。

「たとえ、御前様が死んだ後の事を考えていても、あれこれと申し上げ、他の事に心を向けさせるようにして、少しでも慰められるように。」

と申し合わせ、お話を申し上げるようにと仰し渡して皆も聞き入れた。

この事は、上意までも無く、以前から皆で申し合わせ、御鷹野の出来事を、雑談申し上げたところ、一向に気を掛ける事なく、反対に、ご機嫌を損ねるように見えたので、各自が申し上げるのを、天海《てんかい》僧正が、お側でこれを聞かれ、

「異国、本朝[2]共に僧侶と俗人に限らず、大悟明哲[3]の人といわれる者は、前もって自分の死を知って、その他の事は投げうって、後の事だけを話すものである。御所様も、今度は、御病気になった当初から、兎角、御快気はされないと、私へもお伝えになり御身後の事だけを仰った。」

と申せば、将軍様も思い当る事がおありだったようだ。

その後は、何の上意も無く、ひたすら落涙《らくるい》されたので、僧正をはじめ御前に居合わせた人々

は、誰もが涙を流された。

これは、他で聞いた事がなく、八木但馬守《やぎたじまのかみ》[4]殿が浅野因幡守《あさのいなばのかみ》殿へ語ったものである。

御他界の前日の十六日の晩方に、その頃、納戸衆であった都筑《つづき》久太夫《きゅうだゆう》を呼びつけた。

「以前、差していた、三池の腰物があったが、それを取り出して持って来るように。」

との上意があり、持って来たところ、

「この刀を、その方が、牢屋へ持参して、罪人達の試し切りをして持って来るように。」

との上意があり、

「かしこまりました。」

といって、御前を立って、次の間に退出したが、呼び返されたので、御前に出れば
「罪人達の中で、死罪と決まった者達が、一人もいなければ、試す事は不要である。」

と仰った。

ところが幸い、悪名の者がいたので、試し切りを済ませて、御前へ持参し、

「胴が心よく落ちました。」

と申し上げれば
「枕元に置いていている腰物と取り替えて置くように。」

との仰せであった。

その時は、御容態がかなり悪くなっていた事もあるが、

「悪名の者がいなければ、試す必要はない。」

との上意は、

「曽子の末期に至り座を替えられた」

というのに等しいと、その時、諸人が噂をした。

1 徳川将軍家に直属した一万石以下の武士。旗本・御家人の総称。
2 外国、我が国。
3 大いなる悟り、聡明で事理に通じている事。
4 八木守直。但馬守。江戸時代初期の旗本。一六〇三〜一六六六年。

一、問　三池の腰物を御試しになったのは、何か大きな理由があったのであろうか。
一、答　筆者が若年の時、神道の極意を究めた老人がいたが、権現様が、御他界の前、三池の腰物を御試しされて、枕元に置かれた事について、「仏教の教えには無いが、神道の極意で

は、道理があると」いう事を、物語っている。

大御所様は御他界されて、この世を去られたのか、否か、御当家の御守護神東照大権現様となって現れたと察せられる。

その詳細は、わが国古来の諸神達というのは、在世の時に勝れた善行があった人が、神となって現れたのを、世間の人はその徳を敬い尊び神明といって崇敬したのである。

その神々達の、在世の時の善行の程は、旧記にも記してあるので、知識のある人々もそれらを一読すれば、納得がいくのである。

東照宮様の御在世中の、智・仁・勇の三徳に匹敵する御善行の次第は、太古の神々といわれた人達に勝るとも劣らない。

古代にも、類い稀な御尊神様と申すべきである。

古人の言葉にも、「その鬼[1]に非ずして是を祭るは諂[2]うなり」とある。

慶長五年（一六〇〇）関ヶ原の一戦の後、御当家の譜代衆は勿論の事、外様大名衆であっても、権現様の御恩沢を身に受けない方々は一人もいない。

そのような衆中の身として、東照宮様を「その鬼に非ず」と申す事が出来ない。

日頃は、武運長久《ぶうんちょうきゅう》・息災延命《そくさいえんめい》の祈祷は、いうまでもなく、もしも、その身をはじめ一家中で重い病の人がいる時に神仏に願いを掛ける場合は、東照宮様へ願う事が肝要である。

世俗の諺にも「神も引き方」といいますが、信実にお願いすれば、権現様も疎んじる事も無く、特別に御神力が加えられるであろう。

しかし、その験もある手近な東照宮様ではなく、祖先と関係の無い仏神達へ願うというのは、全く意を得る事が出来ない。

ある譜代の大名が病気になり東照宮様へ願い申し上げたところ、早速、効果があった。

筆者もよく知っている事である。

1　祖先の霊。
2　機嫌をとる。へつらう。

第三十話

洪水の噂の事

一、問　近年は、諸国ともに毎年のように、洪水が起こり、堤を破り田畑を損失しているが、以前からこのようであったのだろうか。

一、答　以前も、年によっては洪水があったが、近年ほどでは無かったと覚えている。しかし、堤防などを念を入れて丈夫にしておけば心配する事はない。出水、洪水の事を、異変というのは感心しない事である。理由をいうと、天下乱世の時代は、洪水は頻繁では無かったので、たとえ、水が出ても、人々はそれ程苦労とは思っていなかった。

近年、洪水が頻繁に起こるのは、御治世が長く続いている事が原因で、天変地異が起きているのではないか、と考えるのは、間違いである。

一、問　乱世には洪水が稀で、治世に限って洪水が頻繁に起こるというのは、合点がいかない事である。

一、答　乱世が続けば、各地で大合戦・小競合が度々起こる。その合戦の度に、多かれ少なかれ双方の者は、討死している。

たとえば、一度の戦で、討死の者が千人いて、その内、侍分[1]の者が百五十人いるとすると、残りの八百五十人は大方足軽[2]・長柄[3]・旗指[4]をはじめ、甲冑も付けない雑兵ばかりであった。

その理由は、侍分の者は皆、相応に、具足・甲を着けて、身の囲いをしていたので、たとえ、弓・鉄砲に当たり、鑓で切り突かれても、身は手傷も浅く、その上、古来から「勝つ手前は人を討ち、負ける手前は人に討たれる。」というように、戦いに負けて、敗軍となった方に討死が多いものだ。その敗軍であっても、侍は馬に乗って引き上げるので、討死の者が少ないというのは当然である。

さて、その大量に討死した、足軽・長柄・旗指などをはじめ、鑓持・馬の口取といった者まで、その補充をしなければ、再度の軍役[5]が勤まらないので、すぐに補充しなければならない。

しかし、御治世の時よりも浪人も稀で、知行所へ掛合い、百姓達の中で、才能のある者を選んで召し出させ、死んだ者の代わりとしたようだ。

そのため次第に、知行所の百姓達の人数が少なくなり、農民が居ない田畑が多くなり、残った農民達は、たとえ、自分の田畑であれ、地面がよくない場合は捨て荒し、主が居なくなったよい田畑だけを作るようになったので、遠い野畑・山畑は捨て置かれ、山畑は不毛となった。野畑は一面に草野となったので、たとえ、豪雨が降っても、暫くは草木の枝葉に雨を受け留めるので、川へ流れ込むのが遅くなるという事である。

治国には、村里の人も多く居るので、皆が田畑ばかりを作って、田畑が足りなくなる。山を開拓して山畑にして、裾野の芝地を開拓し野畑としたので、少しの雨でも山野の土砂が流出して、川へ流れ込むので、次第に、川底が埋まり、水嵩は浅くなり、川幅は広くなり、堤防の破損も頻繁になった。

これについては今から七十七、八年も前の事だが、筆者はある事情で、橋場の総泉寺[6]に暫く住んでいた事があり、門前に住む百姓の隠居で九十歳になるという老人が、昼夜共に、総泉寺の茶の間に来て物語るには、

「自分が子供の時、浅草川の幅は、今のようでは無く、干潮の時は殊の外に川幅が狭かったの

で、川向うの子供とこっちの子供と川端で向かい合って石を投げ合ったりしたものだ。いつの間にか、今の川幅になったのか。」

と雑談していたのを聞いた。

しかし、これは関東だけの問題では無かった。

筆者が若年の頃、摂津高槻の近くの津田という所へ行き、百姓の家で休んでいたら、淀川を上っていく船が間近に見え、中に乗っていた男女数人が見えたので、その家の隠居老人に、以前からあのようであるのかと尋ねたら、その老人がいうには、

「自分は、当年八十六歳になるが、あのような高瀬船の帆だけが見えて船が見える事は無かったが、いつの間にか、船の中まで見えるようになった。その頃は、ここの堤防を壊すほどの水が出たのは、めったに無かったが、今では、時々家に水が入って迷惑している。」

と物語っていた。

1　江戸時代、幕府の旗本諸藩の中・小姓以上また士農工商の内の工身分の者を指す。
2　弓・鉄砲・槍の訓練を受けた雑兵。
3　柄の長い武具。
4　軍陣で主人の旗を持つ従者。

5　軍隊の復役。
6　東京都板橋区にある曹洞宗系の単立寺院。山号は妙亀山。当初浅草橋場にあった。

一、問　右の洪水の事で乱世には、武家方は誰もが召使の者に事を欠いたので、知行所の百姓達を呼び寄せて家人にしたため、村里には人が少なくなったというのは道理である。このように農民が少なくなっては、収納米が減少するのは当然であり、地頭の武士の身上を続ける事が出来ないのは理解しがたい。

一、答　そなたは、治世の武士を、乱世の武士と同様に考えているが、それはおかしい。治世の武士というのは、大身・小身ともに、身の飾りの評判を気にしている。家屋なども奇麗にし、それに似合う家財道具も揃え、自分をはじめ、妻子に至るまで身なりをよくしたいというような心から、物入りの出費も多くなり知行所からの収納した物だけでは、中々、事が足らないので、借金や、買い掛けもする事になる。

乱世の武士は、治世の武士とは大いに違い、第一、家屋は小屋同然で、屋根は当分雨漏りさえしなければという具合で、下に敷くものは寝ござに縁取りしたものを用いても、客を招き振るまう事もしなかったので、諸道具を揃える必要もなかった。

自分の衣類をはじめ、妻子に至るまで、木綿の着物の他は、着ないものであった。自分は軍の陣立で、落とし味噌の汁を啜り、玄米をそのまま炊いて食べていたので、世間が安穏で、恐れの無い時の朝夕とも、料理の撰り好みをする事も無かった。具足下[1]にも成るという馬の一頭も、根気のある若衆の鑓持の一人がほしいという思いの他は何の望みも無く、無益な出費は一切しないで、たとえ、知行所からの収納物が減少しても、それ程難儀はしなかった。

筆者が若年の頃、武家の下々では杵があたったというほど白くなった物相飯[2]に糠の味噌汁を添えて食べたが、戦場では黒米飯を塩水で食べる習慣であった。

今は、武家の下人でも白米を炊き、麹の入った味噌汁で、食べなくてはならないとの事だ。ややもすると米が黒いとか、汁がまずいとか、言い掛りをつけたりする。

1　当世具足の下に着る装束。
2　盛りきりの飯

第三一話

以前町方風呂屋の事

一、問　大猷院《たいゆういん》様の代までは、権現様、台徳院《たいとくいん》様の代のように、奉公衆や諸役人方を御前へ召し出され、御用があれば、直接仰せ付けた事もあったと言い伝えられているが、それについてはどのように聞かれているか。

一、答　筆者も、聞いた事がある。

大猷院様の代の時、町奉行米津勘兵衛《よねきつかんべえ》殿を、御前に呼び

「昨夜、麹町辺りで、牛込組の徒の者達と、その辺りの浪人達と喧嘩をしていたというのは、その通りか。」

と尋ねられ、勘兵衛殿が申し上げるには、

「私は、未だそのような事は承っておりません。定めし、町方での事でしょう。」

と申し上げれば、重ねて、

「確か、麹町での事である。その方の管轄での事を、知らないのか。」

と御不審だったので、勘兵衛殿が申し上げるには

「上意にある事なので、争いがあったというのは、相違ありませんが、双方とも、早々にその場を離れました。町方の者達が出合って、決着したので、被害さえなければ言上に及ば無いとかねてから決められているので、役所へは、訴え出なかったと思われます。」

と申し上げれば、

「争いの次第を詳しく調べて届けるように。」

との上意で、勘兵衛殿はお城から退出し、そのまゝ調査をした。

翌日、登城すれば、御前へ呼び出し、お尋ねになったので、

「昨晩の者を、呼寄せて、調べましたところ、確かに喧嘩はございました。場所も、昨日の通り、麹町の風呂屋の前の事でございました。一方は十人ばかりの連れと見え、一方は一人で、双方が刀を抜き打ち合っていたようですが、喧嘩をするには場所が悪いと思ったのか、大勢の方の者達が立ち退いたところに、町内の者達が間に入って、一人の方を取り押え、無事に収まったので、言上しなかったと、町人達は申していました。

一人の方は上意の通り、浪人ですが宿元も分かっていますので、当分は宿預けに申し付けました。大勢の方は、牛込組の御徒衆とか申していましたが、夜中の事で、誰も見ていなかったので、推量の域を出ません。」

と申し上げれば、

「大勢の方が徒仲間と決まれば、言う事ではないが、他の者が徒のようにいったとも考えられる。いずれにしても、詳しく調べるとともに、その方の管轄下の浪人は、逃亡される事の無いように申し付けて置く。」

と上意があった。

「調査を仰せ付けられれば、すぐに知れる事ですが、大勢の方がもし御徒衆だとはっきりしたならば、取調べの上、双方共に相応なお仕置を仰せ付けられる事でございます。すると江戸中の噂になります。十人の御徒衆が、只一人の浪人者に切られ、逃げ去ったとあっては、旗本の名折れというものなので、もはや、これ以上の調査を仰せ付けられるべきではないと存じます。」

勘兵衛が申し上げれば、殊の外、御機嫌が悪い様子に見えたので、勘兵衛殿はすっかり怖くなり退出し、翌日から、病気といって引きこもった。

ある日の朝、御側医師衆が病気見回りとの事で訪ねてきたので、過分の事であると対面したところ、その御側医師が、

「自分が、昨夜泊り番で詰めていたところ、上意があり、米津勘兵衛殿は病気で引きこもっているようだが、いつもは健康なのにどうしたものか見回って様子を見て来るようにとの仰せ付けであったので、ただ今、御城からの帰りがけに立ち寄りました。」

といえば、勘兵衛殿が涙を流して、

「それは、思いも寄らない有り難き幸せである。このところ、少々気分が悪く引きこもっていましたが、大方よくなったので、近々出勤いたします。」

といった。御側医師は脈を見た上で、

「そのような上意ならば、今日から、出勤されてもよいでしょう。」

との事なので、翌日、登城すると御前へ呼ばれた。

「早々に病気が快方になった事、ひときわに思う。」

との上意で、

「有り難き幸せです。」

と申し上げ、御前を立ったところ

「先日、宿預けにして置いた浪人者を許すように。」

との上意があった。

こうして考えれば、勘兵衛殿に限らず他の役人も、折々に御前へ呼ばれすぐに御用を、仰せ付けられているように思われる。

1　米津田政。通称、勘兵衛。安土桃山時代から江戸時代前期の武将・旗本。初代江戸北町奉行。一五六二〜一六二五年。

一、問　町方にあった風呂屋とは、どのようなものであったか。
一、答　筆者が若年の頃は、風呂屋が江戸の所々にあったのを確かに覚えている。風呂屋は朝から風呂を焚いて、晩は七つ時[1]には終わった。昼間に風呂に入った者の垢をこすった湯女達も、七つ時に仕事を終えた。それから身仕度を調え、暮れ時になれば、風呂の上り場を囲った格子の間を、座敷構えにし、金屏風を引張って灯をつけ、衣服を改めて、三味線を鳴らし、小唄を唄って、客集めをしたようであった。
右の風呂屋は、木挽町[2]あたりにも二、三軒あった。

石野八兵衛《いしのはちべえ》殿の組下の御徒衆に、栗田又兵衛《くりたまたべえ》という者が、例の風呂屋の前で、けんかして傷を負ったので、御審議となり、場所柄が悪いので仕置きとなった。

その後、間もなく風呂屋は停止になり、江戸の風呂屋は残らずつぶれた。増上寺門前にただ、一軒だけあったけれど、湯女は御禁制となった。

1　午後四時。
2　現在の中央区銀座の東部にあたる。

第三二話

飢饉の噂の事

一、問　いつ頃の事であろうか、江戸の町中の米の値段が、急に高値になったので、物乞いが多くなり餓死する者もいたという飢饉はいかがであったのだろうか。

一、答　筆者が聞いているのは、大猷院《たいゆういん》様の代に、当時の米問屋仲間の者と仲買の町人達が結託して、大量の米を買い占め、その上諸国からの入り船を押えたので、町中の米の値段が、急に上がった。原因を厳しく調べるよう仰せ付ければ、すべてが明らかになり、問屋・仲買の者達が多く、仕置きにあった。

この時、浅草の蔵手代[1]の中にも、町人達と共謀した者もあり、これも同様に仕置きにあった。

それから、米穀の値段も下り、世間も平和になった。

このように飢饉というものは、すべて悪党達の仕業であって、天災の飢饉というものでは無い。

1　番頭と丁稚との中間に位いする身分。

一、問　天災の飢饉というものは、どのようなものを指していうのであろうか。

一、答　天災の飢饉というものは、言い伝えられているが、筆者が聞いているのは、日本の六十六ヶ国には大中小の国々があり。これを平均して何十万石ずつの六十六ヶ国として、その十分の一の土地に損害が見られた翌年は、春から麦作が出来るまでの間の三、四ヶ月には必ず飢饉が起こるとの事である。

　しかし、そのような凶年というのは、古来、珍しい事である。得に今のように天下統一の時代で、たとえ天災の飢饉に当たる年があったとしても、公儀の御威光で救われるので、お上の思し召し次第である。

　それについて、天正年間（一五七三〜一五九一）の事でもあろうか、五畿内[1]が凶作となり、米穀の値段が高くなったので、身分が低い者達は飢えて、新しい物乞いも多くなった。米穀が底をついたためで、人への救いや施しも出来ないので、道端に伏し倒れて果てる者が多かった。

これを秀吉公《ひでよし》が聞かれ、殊の外御苦労されて、鴨川・桂川の堤の普請を言い付けられ、土砂を運んだ者には、金銭を与えられたので、飢饉の難を免れた。

秀吉公は、このような才智の方であるが、天下は統一していなかったので、諸国の米穀運送の指図・管理をするまでには、力不足だった。そのため、仕方が無く私財を投じて、飢饉を救われた。

当代は、北国筋をはじめ出羽・奥州辺りの米穀であっても、海路の滞りも無く諸国に運送出来るというのは、ひとえに、東照宮様の御神徳で天下統一の大功となったからである。

従って慶長五年（一六〇〇）から百三十年に及ぶが、この間に大飢饉が無かったのは、廻米運送の自由があったからである。

この事から、どのような天地の災難が起こっても、人の協調というものには意味がないという道理もあるかと思われます。

1　大和、山城、河内、和泉、摂津。

一、問　諸国において、その年の出来不出来によって、来春の飢饉に備えるというのは当然の事である。それと共に、日本国中では広大なので、隅々までは、知る事が出来ないかと思う。
一、答　慶長五年（一六〇〇）権現様の代になって、以後は、御領地・私有地に限らず、干害・風害・洪水などによる田畑の損失、米穀などの減少の次第を、詳しく言上するように、仰せ出られた。
現在では、国主・郡主・代官衆中の書付で、公儀の勘定所へ訴え申し上げる方法で、状況を明確に知る事ができ、公儀から手当が与えられるので、万一、言い伝えられているような、天災の飢饉年が巡って来ても、万民が災難にあい、死亡するような事はないのである。

第三三話

武士勝手噂の事

一、問　諸大名方をはじめ諸旗本衆のどちらの家中でも、十人中九人までは、家計がよろしくなく、暮らし向きのよい武士は、極僅かというのは以前からの事であったのか。

一、答　乱世には、大身・小身に限らず、武家で家計に悩むという事はなく、町人・百姓・出家などが皆、一様に貧しかったものである。

その子細を申すと、乱世では、小身であっても、武士でさえあれば、その身分上、相応に人を使ってもいて、勢いがあるものだ。

まして、国郡の主である者は、特に勢いが盛んであるので、国民も敬い、治国の今とは格別であった。

領内の町人・百姓も乱世では、他国との取引は出来ない。

それぞれの家中の諸奉公人も、戦の準備のみに専念し、贅沢を好まないので、自ずから取引も成立しない。

金銀を多く貯えた者達は、その置き場所に気遣うので、せめては、領地の守護のために役立てて置く分くらいは気遣いも少ない、という考えで、皆、御用のためにと差し出した。これにより、国郡の守護である人々のところに領内中の金銀が、ことごとく集まったというものである。

そのような時は、家中の侍達は、今日は命があっても、明日にも戦場で討死するかも知れないと、世をはかなく思うのである。

来年の暮れには、間違いなく返済するというような証文を用意し、印を押して人の物を借りるというのは、大いな恥辱であるので、自分の身上と相応な暮らしをし、その上に用金を少しでも無駄にしないようにしていたが、治世の武士は貴賤ともに泰平の御代というのを楽しんで、気もゆるみ、派手でぜいたくになり、分不相応な暮らしをするようになった。

それで、主人から給る恩給だけでは、不足なので、人に借り、帳尻を合わせ、その金銀には、利息を添えて返済する有様で、次々と借金も多くなって、どうにもならなくなり、大きな負債を抱える事になる。

そのような勝手向になり下がっては、借りたものの返済も出来なくなり、借金の保証人にも難儀を掛け、人に損をさせ、それを何とも思わないというのは、武士の本意を失う事である。

これを世俗の格言では「貧すれば鈍す。」というのである。

この状況をよく考えて、どれほど平穏な時代であっても、武士に生れた者は貴賎上下の区別なく「戦場常在」という四文字を、常に心に刻んで置き、身の栄華を好み、賢虚質朴を宗とし、多少なりとも、主人から給る恩給で渡世をするという意識でいれば、むやみに手元をすっかり使い果たす事も無く、武士の本意を失う事は無い。

中でも近年になって、大身・小身の武士の家計が悪化したのには、理由がある。

元禄年間（一六八八～一七〇四）、米の値段が高値になったので、それ以前は、百石の知行米を売って金子百両を受け取っていたが、それが、二百両、時にはそれ以上が手に入る事となった。それが二、三年も続いたので、いつまでも、このような値段になると勘違いをし、以前から、住人でいた家を拡張し、奉公人を増やし、その他以前ではしなかった事をしはじめて、身分不相応な暮らしをしていたら、予想に反して、米の値段が下がり、受け取る金子も減ったので、勝手向が大いに狂ってしまった。また以前のようになるだろうと、楽しみにしていたら、しばらくしても米の値段が下がったままだった。それから借金も多くなり、すっかり蓄えを使い果したのは、いうまでも無い。

筆者が若年の頃までは、大名方の中で、むやみに生計が困難であるというところは無く、たとえ生計が困難であっても、噂されないようにと、家来達が働いた。それというのは、その家中の侍達までも、家計が成り立たないというのは、恥辱と心得て、あれこれとあるような振りをしていたからである。

第三四話

留守居役はじまりの事

一、問　当世、諸大名方の家々にある留守居役[1]というのは、いつ頃からはじまったのであろうか。

一、答　筆者が聞いているのは、台徳院《たいとくいん》様の代に、薩摩中納言《さつまちゅうなごん》殿がいうには、「私の領地の、大隅・薩摩は遠国なので、当地の事を聞くのに、かなりの日数が掛かったので、急ぎの御奉公に間に合いません。私が在国している間は、家老達の中で、二人ずつ留守居として当地に置いて、万一、何か急用が出来た時は、留守居の者が、私の名代として御用などを仰せ付けられて、勤めるようにしたい。」

と願った。それを聞いて、御満悦されて、願い通り仰せ付けた。

留守居役の者は、御城内の様子をも知るようにしたい、というので御目見えなども仰せ付けた。

そのような訳で、今でも留守居家老で御目見えが出来るのは、薩州の家に限った事である。

しかしながら普段は、国元の土産を献上し、あるいは内書[2]・奉書[3]を渡す時は留守居家老が行う必要もなく、他の侍でも、差し出してもよい、という事になった。

はじめは、家中の侍達の中から順番に勤めていたが、多くの侍の中には、まったくの社交下手な者も居たので、以後は、人を決めて差し出すようになった。

それを名付けて、御城役とも、聞番役[4]ともいい、はじめは小身な大名方ではその者達を留守居役といった。

1　諸藩の江戸屋敷に置かれ、幕府・他藩との連絡に当たった。
2　主君から献上物などの挨拶に出す書状。
3　上意を奉じて待臣・右筆らが下す命令の文書。
4　大名の家で、公儀の用向きを聞いて取り次ぐ役。

一、問　その頃、御城役・聞役といった人々の勤めぶり、あるいは、仲間の寄合といったのは、当時も今の通りであったであろうか。
一、答　留守居役人の組合や寄合は、確かに、当時からあったが、少し変わったようでもある。
詳しくいうと、その時代の留守居達の組合というのは、その屋敷に近くて、主人と主人との間柄がよく、常に付き合いがある方々の家来が、申し合わせて組合を作ったものである。その仲間が七、八人で、十人より多い組合というのは無かった。理由は、その家々で、聞役を勤める者達は、上屋敷[1]の長屋住まいのため、座敷も狭いので人数が多く入らないからである。

寄合いの時の、接待も互いに申し合わせ、一汁三菜とし、汁は精進にして三菜のうち一菜は、これもまた精進物にした。互いに主人の用事で寄合うという事になれば、たとえ、自分の都合が悪くても、寄合の欠席はしないとの申し合わせにしていた。

主人達より、寄合日になれば、料理にもなるような魚鳥の類の他に、茶・酒・菓子なども差し入れがあり、料理人の茶坊主は、必要があれば使ったようであるが、いずれも留守居仲間の申し合わせであった。

そういう訳で、回状[2]も組合仲間の他へは、決して回さなかった。

主人達の耳に入ってもよい事はともかく、その他、虚実の知れない世間の噂や無益な事をは回状に書かないとの申し合わせをした。

これらは、重大事ではないが、時代もかなり経っている事を自信ありげに話されると、疑いもあるだろう。

私が若年の時であるが、確実に知っている事を話しているかは、その家々へ尋ねれば真実だという事が分かる。

当時、桜田辺りに、八人の留守居の組合があった。丹羽《にわ》左京太夫《さきょうのだいぶ》殿[3]の留守居の植木次郎左衛門《うえきじろうざえもん》、内藤豊前守《ないとうぶぜんのかみ》殿[4]の鈴木与右衛門《すずきよえもん》、小出大和守《こいでやまとのかみ》殿[5]の陰山文右衛門《かげやまぶんえもん》、金森長門守《かなもりながとのかみ》殿[6]の水野嘉右衛門《みずのかえもん》、松平周防守《まつだいらすおうのかみ》殿[7]の南弥五兵衛《みなみやごへえ》、仙台越前守《せんごくえちぜんのかみ》殿[8]の井上市兵衛《いのうえいちべえ》、浅野内匠頭《あさのたくみのかみ》殿[9]の井口与兵衛《いぐちよへえ》、浅野因幡守《あさのいなばのかみ》殿の徳永四郎右衛門《とくながしろうえもん》の以上八人の組合があった。

その時の、留守居の勤め方で、私が覚えているのは、ある夜中に強風が吹いた事があった。

翌朝になって、金森殿の留守居、水野嘉右衛門方から、組合仲間へ回状が出された。

「夜中の風で、当家の屋敷で、虎の門の方へ向って、表口の塀が四十三間残らず、吹き倒れた。長門守は留守中であり、表通りの事でもあれば、今日中に掛け直したいので、抱大工、一、二、三人でもよい、人足は何人でも貸していただきたい。」

との事だったので、七ヶ所の屋敷から、大工・人足が来て、その日の晩には残らず塀を掛け直し、壁も塗り終えました。

次には、その頃、留守居仲間が、かねての申し合わせで、師走は互いに用事が多いので、定例の寄合はしないとの事であった。しかし、その冬の、二十三、四日の頃、松平周防守殿の留守居、南弥五兵衛方から回状があり、

「急に面談しなければならない用事があり、二十五日に寄合願いたい。」

との事であった。何事だろうと、皆が急いで集まると、弥五兵衛がいうのには、

「各位にお出下さるよう申し入れたのは他でもない。主人の在所の石州浜田から、この暮れに、入用の金子を大坂へ依頼したが、為替の金子請負の町人方に手違いがあったので、少しも渡さないという。家中の者達が、年を越す事が出来なく、その係の役人達が大いに難儀をしている。主人の用事にも差し支えて困っているので、何とか金子五、六百両ほど工面して欲しい。」

との事だった。仲間の者がいうには、

「我らは、そのような事とは知らず、何事が起こったかと驚いて参ったが、そんな事ならば、なんとかなるだろう。」

というので、料理を頂いた後、金森殿の留守居、水野嘉右衛門方へ集まって、出金の割合を決め、翌朝になって金子六百両の支度を調え、弥五兵衛方へ持たせてやった。

大晦日の夕方には、為替が届く時分なので、借りた金を返済するとの事で、弥五兵衛方から役人を従えて、各々のところへ持っていったのを、私は訳あってよく覚えていた。

このような事から考えてみれば、当時と今の留守居仲間の勤方では、違いがあると思われる。

1 大名が平常の住居とした屋敷。
2 関係者の間で連絡事項を回し読みさせる文書。
3 丹羽光重。左京大夫、侍従。江戸時代前期から中期の大名。陸奥二本松藩主。一六二一～一七〇一年。
4 内藤信照。豊前守。江戸時代初期の大名。陸奥棚倉藩主。一五九二～一六六五年。
5 小出吉英。大和守。江戸時代前期の大名。但馬国出石藩主。一五八七～一六六六年。
6 金森頼直。長門守。江戸時代前期の大名。飛騨高山藩主。一六二一～一六六五年。
7 松平康映。淡路守、周防守。江戸時代前期の大名。石見浜田藩主。一六一五～一六七五年。
8 仙石政俊。越前守。江戸時代前期の大名。信濃上田藩主。一六一七～一六七四年。
9 浅野長直。内匠頭。江戸時代前期の大名。播州赤穂藩主。一六一〇～一六七二年。
10 現在の島根県と広島県の一部。

第三五話

以前大名方家風の事

一、問　以前は、江戸の諸大名方の家風は、すべての事柄を簡単に済ませていたというが、その通りであろうか。

一、答　私が若年の頃までは、質素だったと覚えている。その時は、間違いなく世間もそのように理解していたが、全ての委細を知っているわけではない。

私自身がある理由でよく知っている事をいうと、その時代に浅野因幡守長治《あさのいなばのかみながはる》殿という人が居て、備後国の内、江馬・三次と両郡の領地があり、五万石の身上であったが、元来、松平《まつだいら》安芸守《あきのかみ》殿の分家だったので、他の五万石取りと比べれば、すべての事が物々しい方であったが、表門の番人を弥之介《やのすけ》というものにさせていた。弥之助は、妻子持ちで、門の開閉から掃除を、一人で勤めていた。

ある時、弥之介が番所に居なかった時、小出大和守《こいでやまとのかみ》殿が、訪れたので弥之介の女房が走って来て門を開けたところ、大和守殿は、

「弥之介は外出か、御内儀、大儀である。」

と笑ったという事を、筆者が少年の頃、側で聞いた。

その後、妻子持ちの門番は、必要無いといって、弥之介は辞めさせ、足軽一人・小人[1]一人が勤めるようになった。

明暦三年（一六五七）の酉の年、江戸の大火事の時、因幡守殿の屋敷も類焼し、その後、屋敷を建て直して転居した時から、門番も足軽三人ずつと定め、振舞客がある時は、徒士一人ずつの当番として、勤番させるようになった。

1　年の若い人。

一、問　現在、諸大名方の家で、昼夜ともに裃《かみしも》[1]を着る事を、常肩衣《つねかたぎぬ》衆といっているのは、いつからの事であったろうか。

一、答　筆者が若年の頃から、老中方・若年寄・寺社奉行衆方の家老や用人は、昼夜ともに常肩衣で勤めていたのを覚えている。

その他、国郡の守護職である大名方の、家老や用人・重要な役の者であっても常に裃を着ていたという事は無く、肩衣を持参し、各自の詰所に置いておき、勤めをした。

酉の年の大火事の前であったろうか、因幡守殿が、家老達を呼んでいうのには、

「近頃、我等と同程度の大名の玄関でも、取次役の者達には、肩衣を着せている。こちらも同じようにするように申し付けるように。」

との事で、池田次郎左衛門《いけだじろうざえもん》・松村孫太夫《まつむらまごだゆう》という侍の両人にはじめて裃を着せて取次役に申し付けられた。

以前は、桑原甚太夫《くわはらじんだゆう》・山岡庄太夫《やまおかしょうだゆう》という小身の侍二人で、玄関の番人を勤めていた。なかでも山岡は貧しい小身であったが、手もみに仕立てた、紙子[2]の着物に、黒い半襟を掛けたものを着て、古い一重袴で、歴々方の前へ出て送迎をしていたのを、筆者は覚えている。

今から、七十六年も前の事である。

1　江戸時代の武士の礼装。麻上下を正式とする。同じ染色の肩衣と袴とを紋服・小袖の上に着るもの。

2　紙製の衣服。厚紙に柿渋を引いた保温用の衣服。

第三六話

莨菪はじまりの事

一、問　世間で貴賤・上下を問わず人気の莨菪《ろうとう》[1]は、昔は無かった物で、近年の流行物である。そなたは、いかように聞いているか。

一、答　筆者が若年の頃、ある老人が語っていた事には莨菪というのは、昔は無かったが、天正年間（一五七三〜一五九一）、切支丹宗門というのが、世間に広がった時から、莨菪もはじまった。

元来は、南蛮国《なんばんこく》[2]の産物の草でもあったであろうか、当時はキセルを作る細工人も少なく、値段も高く、下々の者は、入手出来なかったので、竹筒を前後に、節を付け、大きく穴を開けて、先の方を火皿にして莨菪を詰めて吸った。

「元々、西国筋から流行出し、中国[3]・五畿内でも、皆に持てはやされたけれど、関東筋では、莨菪を吸うというのは、誰も知らなかったが、いつの間にか流行し、キセルを作る細工人も多くなり、竹の筒のキセルという物は廃れた。」

と、例の老人が物語っていた。

しかし、莨菪の流行はじめたのは、さほど昔の事では無かった。

1　ハシリドコロ。タバコと非常に類似している。江戸時代から、昭和初期頃までタバコの当て字として使用された。
2　インドシナをはじめとする南海の諸国。
3　山陰・山陽地方。

一、問　いつの代であったろうか、莨菪を作る事を、諸国共に禁止し、城内でも、莨菪を吸う事を禁止されたようだが、その通りであろうか。

一、答　筆者が聞いたのは、莨菪の御禁制は台徳院《たいとくいん》様の代であり、莨菪を作る事はならないと、諸国へ通達された。城内においても人々が莨菪を吸う事を堅く御法度に仰せられた。

その時だったが、御城の御番衆の湯呑所へ各自が集まって、莨菪を吸っていたところへ、土井大炊頭《どいおおいのかみ》殿が、ふと来られた事があり、誰もが仰天し、各自が、莨菪の道具を隠したのを、

大炊頭殿が見たので、御番衆に
「その襖を閉めるように。」

といって座られて、

「今、皆が吸っていた物を、私にも振る舞うように。」

といわれたので、皆は困り、あれやこれや挨拶も出来ず恥じていると、達ってのご所望なので、仕方が無く、懐中に入れていた莨若とキセルを取り出して差し上げれば、大炊頭殿が取って、二、三服を吸い、

「思いがけず、珍しい物を吸わせていただき、有り難う。」

といって座を立って、

「今日の事は、自分も皆と一緒であるが、今後はやってはならない。上様が、殊の外、お嫌いであるので、今後は無用に。」

といわれたので、この事は内々に次の者に言い伝えられ、今後、湯呑所での莨若はなくなった。

第三七話

肥後国守護職の事

一、問　いつ頃の事だっただろうか、公方様が、御機嫌を損ね、その日に限って、御城で御用が多くあり、やがて七つ時前まで御城に詰めて退出した老中方を、急に呼ばれいずれも、早駕籠で、すぐさま登城したので、下々までが、驚いたという事があったのをいかように聞いているか。

一、答　その事について筆者が聞いているのは、大猷院《たいゆういん》様の代の事である。

子細は、その時、加藤肥後守《かとうひごのかみ》[1]殿が改易となった後、肥後の国守の仰せ付けが無いので、誰に、拝領を仰せ付けるのかという事を、江戸中の人々が、聞き耳を立て噂をしている時、御城で御用があり、その席で、肥後の国主お選びの、仰せ付けの御用があるのか。

いつもは、老中方は八つ時[2]になれば、そのまま退出するのに、その日は七つ時頃になって、いずれも退出された。しかしその後、御側衆から、御用があるので今から登城するように、といって来た。

土井大炊頭《どいおおいのかみ》殿は、帰宅すると、裃を脱ぎ、留守中の用件を聞いていたところに、お呼びだとの連絡があり、早々支度を調え、屋敷の門外へ出られたら、小人衆が走って来て、急いで参上するようにとの事で、それから早駕籠で登城した。

他の老中方も参上したが、井伊掃部頭殿が遅いので、いずれも待ち合わせていたが、

「未だ、揃わないのか。」

とお尋ねになられた。

その後、老中方が御前へ出られたが、公方様は、殊の外面白くないご様子に見え、老中方に向かって、

「その方達を呼んだのは、特別な事では無い。最早、我が天下の統治は出来ない。この事を皆に伝えるためである。」

との上意で、皆が驚いて何をすればよいか分からなかったが、

「それは、どのような思いでの上意でありましょうか。」

と大炊頭殿が申し上げれば、

「今日、皆に話した肥後の国主の事は、近いうちに言い渡すので、先にその者へ告知する必要はない。そのように、密談の事が漏れ易くては、我が天下の統治が出来る事か。」

　との上意なので、

「その事は恐悦の至り、めでたい事であります。」

　と大炊頭殿が申し上げれば、ますます御機嫌が悪くなり、大炊頭殿へ向かわれ、

「その方は、密談の事が漏れ易いというのを、めでたいというのか、興味がある。その理由を申せ。」

　という上意で、大炊頭殿が居る所へ座を詰め寄られたので、掃部頭殿をはじめ、老中方は皆驚き、恐れていたら大炊頭殿が申し上げるには、

「ここに居られる同役達は、いずれも知っての通り、なんとしても急いで触《ふれ》を届けなければない御用向があった時、詰番頭・諸役人達へ申し渡したあと、比較的早く伝わったとしても、その日のうちに末端まで、届く事はありません。肥後の国の守護職は、誰に仰せ付けられるのだろうか、という事を、下々では人々が聞き耳を立てゝいる関心事です。私は、いつでも八つ時の太鼓が鳴れば退出しますが、今日はあれこれと御用が多く、だいたい七つ時頃まで御城に居たので、さては肥後の国主が決まったかと推量し、それについては、細川越中守《ほそかわえっちゅうのかみ》[3]より他には

無いと、江戸中の噂になっているようでした。上御一人《かみごいちにん》[4]のお考えと万民の思いが同じという事で、恐悦至極であり、めでたい事であると申し上げました。私は、毎日二人ずつ内々で、江戸中へ情報を探りに回らせていますが、私がまだ御城に居て帰宅しないうちに、この二人の者が帰り、一人は芝札の辻辺り、一人は牛込辺りで、細川越中守へ肥後国の拝領を仰せ付かったのか、と聞いた事を書付し、用人[5]達方に提出いたしました。」

といって、二通の書付を差し上げれば目を通され、少し、ご機嫌も柔ぎ、掃部頭殿も、

「大炊頭殿が申し上げた通り、私も、同様に思います。」

と御挨拶申し上げれば、公方様は笑われながら、

「皆を呼んで集める事でも無かった。早々に帰って休まれよ。」

との上意で、各々は帰宅して事は済んだ。

1 加藤忠広。肥後守。江戸時代前期の大名。肥後熊本藩主。一六〇一～一六五三年。
2 午後二時頃。
3 細川忠利。越中守、侍従、左少将。江戸時代前期の大名、豊前小倉藩主。後に肥後熊本藩初代藩主。一五八六～一六四一年。
4 上位の、第一人者の意。国王、天皇の事。
5 大名・旗本の家で家老の次に位し、庶務・会計などに当たった職。

一、問　肥後の国守については、必ずしも細川殿に限った事では無いと思うが、越中守殿だけが候補者のようにいわれたのは、何か理由があったのだろうか。

一、答　その事について筆者が聞いているのは、越中守殿はその時まで、豊前国小倉の城主であった。

ある年、異常な干旱で百姓達が、当面の食物にも困り、まして、来作の食糧の見当が全くつか無い、という事を役人達が報告し、越中守殿が殊の外、苦労された。

普通の事をしただけでは解決出来ないというので、祖父の、幽斎《ゆうさい》[1]以来伝わる名物の茶入れを、近習[2]の侍二人に持たせて京都へ行かせた。これを質物にして金を借りても足らないので、少しでも値段を高く、売り払うようにといって、上方へ持参したら、是非にと問い合わせる者が多くいたけれど、

「この茶入れは、天下の名物であるので、内々で売買するのもいかがなものか。」

といって、所司代[3]へ伺ったら、板倉勝重殿が申すには、

「その肩衝茶入れ[4]の由緒はともかく、現在の持ち主は越中守殿であり、金子が入用なので、売

払う事については、差し支えない。望む者の心次第で取引してよい。但し、この茶入れは、私も名を聞いた事はあっても見た事がない。取引が済んだら、一覧したい。」

との事で済んだ。

二人の侍達は、金子を受け取り、大坂表へ持って行って、米・大豆・麦・稗・その他何でも、農民達の食物になる物を、この金子の範囲内で買い調えて、船に積み小倉へ運んだ。その後、穀物をすべて領内へ配給したので、飢えていた百姓達が力を得て、作業に取り掛かった。

この事は世間でも噂になり、以後、国郡の主としてのよい手本となったといって、越中守殿は世間で評判になったので、この度、肥後の国主には細川殿より他はないと人々の間でいわれていたのである。

1　細川藤孝。雅号、幽斎玄旨。戦国時代から安土桃山時代にかけての武将、戦国大名、歌人。一五三四〜一六一〇年。
2　主君のそば近くに仕える役
3　京都に在勤、朝廷・公家に関する事をつかさどる。
4　肩の部分が角ばっている茶入れ。細川家の肩衝茶入れは、秀吉より拝領したと伝えられている名物茶入れ。

第三八話

御成先御目見得の事

一、問　以前は、公方様が外出される時は、直参衆[1]は外出先へ行き、家来達を同行させないで、公方様にお目通り平伏《ひれふ》してもよいとされたが、その後、御法度に仰せ付けたのは、いつ頃の事であると聞かれているか。

一、答　筆者が聞いているのは、権現様・台徳院《たいとくいん》様の代はいうまでも無く、大猷院《たいゆういん》様の代のはじめまで以前の通りであったが、その後、外出先の御目見得[2]は、御法度となったようである。その時の事だったか、上野へ外出された時、神田橋御門外の町屋の辺りに旗本衆の一人が平伏していた。

牧野佐渡守《まきのさどのかみ》殿[3]が、若年寄の時の事で、御駕籠の左の方に御供をしていたが

「さてさて当年の鴨は早く参りました。」

と申し上げ、堀の方を御覧になれば、

「あれは黒鴨で、真鴨では無い。」

という上意を佐渡守殿が聞かれて
「いや真鴨に間違いございません。」

と申し上げれば、

「その方は、真鴨と黒鴨とを、見分けられないのか。」

との上意で笑われたので、

「本当に上意の通り、よく見れば黒鴨でありました。」

と申し上げて話をしているうちに、御駕籠が通り過ぎた。

上野に着かれ、御本坊[4]へ入られた後、脇で御供されていた御側衆が、佐渡守殿へ、

「先程神田橋御門外で、先日御法度に仰せられた、外出先の御目見得をしていた者が居たが、徒目付[5]衆が見咎められたようで、その者の側へ寄って調べていたようですが、間違いなく名前を聞いて、確かめて置くようにと公方様がお話されていたのでしょうか。」

と申せば、佐渡守殿がいうには、

「左様の事であるか。私も神田橋御門外の橋の上から見掛けて、気になってはいたが、その時、

御掘の中に居た鴨の事について私に、何かと上意があったうちに御駕籠が通り過ぎたので、お目障りにもならなかったのではないか。何事もなく当山へ到着されている、その者の名を聞くには及ばない。」

と、申されて済んだ。

1　旗本・御家人の総称。
2　旗本が親しく将軍にお目通りする事。
3　牧野親成。佐渡守。江戸時代前期の大名。丹後田辺藩初代藩主。京都所司代を務める。一六〇七～一六七七年。
4　寛永寺。
5　目付の指揮のもとに江戸城内の宿直、大名登城の監察、幕府諸役人の執務の内偵などに当たった役職。
6　常備兵力として旗本を編制した部隊。

第三九話

東叡山寛永寺の事

一、問　東叡山寛永寺[1]の御建立は、いつ頃でいずれの代の事であろうか。

一、答　筆者が聞いているのは元和九年（一六二三）家光将軍様の代の建立であった。翌年の寛永元年から普請がはじまり、開山は日光山の別当、天海《てんかい》僧正で、総奉行は土井《どい》大炊頭《おおいのかみ》殿である。

関東御入国の時、江戸府内では、天台宗門の寺院は、他には無く、浅草寺は古跡なので、祈願所になっていたが、この度、新しい祈願所として寛永寺を建立する上は、以後御城内での平日のご祈祷は、東叡寺で行われる事になった。

このため上野一山の坊数も、浅草寺に準じ、三十六坊にすると決まった。浅草寺は、その時までは、無縁地とはいいながら、千年にも余る古跡なので、山伏同然の妻帯坊主も入り混じった三十六坊を維持してきた。東叡山は、新地なので、公儀の建立地といっても、三十六坊の寺院は、檀家無しでは、成り立たない様子であった。

その時、総奉行・土井大炊頭殿が、

「東叡山は、天下安泰の御祈祷のためにという公方様のお考えで、幕府をあげてこの度建立するので、御当家の御恩沢を受けている国守・郡守方は、誰も天下安泰の御祈願所に、異議を唱える事は出来ない。」

といわれた事は、世間でも前から聞いていた。

これは、土井大炊頭殿がいわれる通りである。

慶長五年（一六〇〇）以来、御連枝[2]・御家門方をはじめ、譜代大名衆はいうまでもなく、その他の国と郡の主である外様大名衆でも、東照宮の御威光で御当家代々の御恩沢を受け、家門が繁栄しているので、天下安泰の御祈願を行うべきである。

中でも御三家方・松平伊予守《まつだいらいよのかみ》殿は格外として、上野の寺内で、最初に院地の配分があり、早速、寺を建立し、権現様の肖像を安置し、天下安泰の御祈願、並びに家運長久の祈願を実践すれば、同じように、他の国主も、一院ずつ建立して、寺領も寄附された。

その後、台徳院《たいとくいん》様が御他界され、増上寺へ入られたので、諸大名方は御成りのお供の時のために、各々増上寺で、宿坊として使いはじめた。それ以後も東叡山の院は、御祈祷所としていた。

慶安年間（一六四八～一六五一）大猷院《たいゆういん》様が御他界され、尊骨は日光山へ入る事になったが、江戸の東叡山にも御仏殿の建立があったので諸大名衆の参拝もあり、御成りの時のお供も始まったが、幸いにも御祈祷所があったので装束の着替所とした。

今は、その院主をはじめ、縁者方の家々でも、宿坊と称するようになり、天下安泰の御祈祷所というのは、名ばかりとなってしまった。

1　上野寛永寺の山号。上野公園にある天台宗の寺。徳川将軍家の菩提所。
2　貴人。兄弟。

一、問　東叡山の寺院に限って天下安泰の御祈祷を執り行うはずであったとは、何か理由があったのであろうか。

一、答　当時日本国中の寺院は、本山末寺に限らず、御当家代々の御位牌を仏壇に置いて朝夕の拝礼を勤め、先祖代々長久の祈念をするというのは、これすべて、国恩を報ず事である。

増上寺内には、諸大名方の宿坊の数は、十軒であるが、権現様の御尊像を安置している寺は無い。

一方で上野一山三十六坊の中に、御尊像の無い寺は一軒も無い。

寛永年間、東叡山が開かれた時から、天下の安泰・御当家の武運長久の祈願のために建立された事による。

従って、寛永寺は、天下泰平の御祈祷所の、根本というべきものである。

第四十話

不忍池の弁財天の事

一、問　上野不忍池[1]の中島は、以前からあったものであろうか。

一、答　中島の事について筆者が聞いているのは、東叡山が開かれた頃、天海《てんかい》僧正と水谷《みずのや》伊勢守《いせのかみ》[2]殿は親しい仲だった。

ある時、僧正方へ水谷殿が振舞に来られた時、伊勢守殿が、

「当山は、都の叡山[3]に準じ東叡山と名付けられたが、不忍の池あるのは、幸いな事である。池を琵琶湖に似せて、中島を築き、竹生島《ちくぶじま》[4]とし、弁天堂[5]を建立してはいかがであろうか。」

といわれたので、僧正が聞かれて、

「それこそ、私も願っていた事ですが、池が殊の外深くて、中々築く事が出来ないと人々がいうので、そのままにしています。」

といった。

伊勢守殿が、

「たとえ、いかほど水底が深くても、小島の一つぐらい築くのは簡単な事である。幸いこの度、浅草川の川除の普請を仰せ付けられ、そのため人夫を多く呼び寄せているので、その普請が済み次第、直ちに、池の中島の普請をやらせます。十日程の間、人足達の宿と土取り場を、当山の中で指図して下さい。」

といえば、僧正が、

「人足達の居所は、いくらでも、寺中に用意させます。しかし一般的に寺院の山門の前の場所が広くなるのは、よい事ではない。池の端より上手の山の土をいくらでもお取りいただいて結構です。」

といった。

そのうち、浅草川の普請も済んだので、浅草川から船を持ち入れ十日ばかりの間に、小島を築いて弁天堂も伊勢守殿が建立した。

伊勢守殿が申すには、

「人々の参詣のため、弁天繁昌のために、更に陸続きにしましょうか。」

というと、僧正が
「竹生島のように船で往来するのがよい。」

と申された。

これは水谷殿の家来である太田休広《おおたやすひろ》が語った事です。

それから後々まで、船にて往来していた。

1 上野公園の南西部にある池。蓮の名所。寛永二年（一六二五）寛永寺建立の際、池に弁財天を祀ってから有名になる。
2 水谷勝隆。伊勢守。江戸時代前期の大名。備中松山藩初代藩主。一五九七～一六六四年。
3 比叡山の略。
4 琵琶湖の北部にある島。
5 弁財天。音楽・弁財・財福などつかさどる女神。

第四一話

板倉伊賀守殿の事

一、問　板倉伊賀守《いたくらいがのかみ》殿は、京都所司代役を、お断り申し上げた時

「その方の、跡役を勤められると思う者を書付けにして差し出すように。」

といわれ、

「私の息子、周防守《すおうのかみ》より他には、私の跡役が勤まる者はいません。」

との書付を差し出したところ、その通り、子息である周防守殿を、所司代役に仰せ付けられたという事を、世間ではどのようにいわれているか聞いているか。

一、答　筆者が承っているのは、伊賀守殿が若い頃は、板倉四郎右衛門《いたくらしろうえもん》といった。

天正年間（一五七三〜一五九一）権現様が、駿府城に移られた時は、この地の、町奉行職に仰せ出られ、関東へ御入国された後も、江戸の町奉行に仰せ付けられた。

慶長五年（一六〇〇）天下統一に付き、京都所司代として奥平美作守《おくだいらみまさかのかみ》[2]殿に任せ、その後、慶長六年（一六〇一）に権現様は板倉四郎右衛門を京都所司代職に仰せ付けられ、それ以降、伊賀守殿となり、大坂冬・夏の二度の陣の時も、忠節を尽くされ元和五年（一六一九）までの十八年もの間、この御役を勤められた。

しかし、老衰になったので御役を勤まる事が出来なくなり、台徳院《たいとくいん》様の代にお願い申し上げたところ、このような上意があり、子息の周防守殿を推薦し、その通りに仰せ付けられた。

自身は、堀川の下屋敷に隠居していたら、元和九年（一六二三）になって従四位下侍従に任じられたが、翌の寛永元年（一六二四）、八十歳で死亡した。

父の伊賀守が見立てた通り、子の周防守殿は、三十五年間、立派に所司代役を無事に勤め、官位も従四位少将に、仰せ出られたと聞いている。

1　板倉重宗。周防守、侍従、右少将。江戸時代前期の大名。下総関宿藩初代藩主。京都所司代を務める。一五八六～一六五六年。

2　奥平信昌。美作守。戦国時代から江戸時代初期の武将、大名。美濃加納藩初代藩主。一五五五～一六一五年。

一、問　伊賀守殿は、子息の周防守殿の事を、たとえどれほどの器量がある人でも、所司代という江戸表老中と並ぶ高い役職に、父親の身として跡役にと、推薦された事は、いかがなものであろうか。世間では、普通の人がする事ではない。あなたはいかように聞かれているか。

一、答　いづれにしても、重い物を担いで運ぶ時、二つに分け、棒の前後にかけて持つが、火事の時など、人込みの中で持ち出せないので、捨てる他はない。

しかし、捨てる事が出来ないという大事な物は、我が身を引き締め、背負ってでも、捨てる事が出来ないようにした。是非も無い時は、その物を背負って死ぬより他は無い。

そのように主人のためになるには、我が身に引き寄せ、背負うような人が、侍の忠節者というのである。

伊賀守殿は、権現様の思し召しにかなって、小身者を大身に取り立てられ、大切な京を預けられた程の方であった。

公儀のために、その身に背負い、大切に考えられたので、御上の思し召しと老中方の評価、さらには世間の人の思惑など少しも気に掛けないで、思っている通りを、遠慮なく申し上げたようであった。

主人のためと、自分のためとを交互に担った者の分別と、伊賀守殿の了見とは、余程の相違があるという事だ。

第四二話

以前江戸男女衣服の事

一、問　江戸に於いて、貴賤の男女の衣服は、以前と今とでは変わっていないだろうか。

一、答　この事については、変わってはいないが、筆者が伝え聞いている事がある。

権現様の代はいうまでも無く、台徳院《たいとくいん》様・大猷院《たいゆういん》様の代まで旗本はお役目を致すのに、城内の各部屋の棚箱《たなばこ》に、衣や包を置いていた衆中は別として、その他、平の御番衆は、寒い時に小袖二枚重ね[1]着用の時、下着に薄い無垢[2]縞[3]類の小袖[4]などを用いたのは、以前は無いようであったとか。

その理由は、時によっては、上と下を入れ替えなければならない事もあるが、そのような時、無紋の小袖では入れ替え出来ないと考えられたからです。そしてまた、「熨斗目《のしめ》の小袖[5]」は、直参の中でも御目見得格の衆中までが着用されたようで、諸大名の家中でも、自身の役柄次第で着用したので、熨斗目の小袖着用の者は、それほど多くは無かった。

貴賤の上下の衣類などは、筆者が若い頃と較べて考えれば、今は美しくなっているように思う。

僧侶たちの中でも曹洞宗は、関東三ヶ寺をはじめ、紙子の半襟[6]を掛けなくては、すまなかったものが、いつの間にか、それもなくなった。

中でも殊の外、様子が変わったのは、上下問わず女性の帯である。

筆者が若年の頃までの、女性の帯というのは、多くの巻物は三ツ割にして、絹の羽二重[7]の類は、二ツ割と定っていた。

中でも、高田様掛りというのは右の三ツ割を、また三分に狭ばめ、その端を結んで押込めて、そのままにしていたようであった。

四十年前は、巻物類を二ツ割り、絹類は一幅をそのままに用いて、後の結び目なども、大層大きくするのが当然のようであった。

以前は下女の二、三人も連れて、若い挟箱持ちなどを連れていた家柄の高い妻女と見えた女性までも、今は麻の被衣《かつぎ》[8]という物をかぶり、紫の染皮足袋《そめかわたび》を履《は》いて歩いているが、七十年前は、その被衣という物を、かぶった女性は見かけ無かった。

身分が低い女房・娘までも乗物に乗るのが当然のようになった。

この女の乗物の事について、私の老父は杉浦内蔵允《すぎうらくらのすけ》殿と親しくしていたが、ある日の朝、用事があり杉浦家を訪問したところ、玄関の上の間で、何事が起きたか杉浦殿が、大きな声を出したので、不審に思い、その部屋に行き、

「これは、早朝から何事ですか。」

と申したら、杉浦殿は、

「貴殿も前から知っての通り、私は朝起きると、毎朝玄関から屋敷辺りを見回り、使いの者の間の窓から覗き見れば、門下に新しい女の乗物があったので、門番を呼んで尋ねたら『昨夜、当家の家来の婚儀を調えて、その女が乗って来た乗物です。』といったので、その者の家来達を呼出し、祝儀をいったところである。」

と申した。

権現様が三河におられた時、私の祖父は、知行五百石を下され、御奉公申し上げた。

その頃は妻を娶る時、譜代の家来に負木《おいき》[9]という物を持たせてやり、女房には被衣をかぶらせ、例の負木に腰を掛けさせ、背負わせて迎えたとの事であった。

従って、私のような家来の身が、女房を娶るのにメッキの星型金物を打った乗物に乗せて、

迎えた事などは、なんとまぬけな事であったか。

その乗物は、女の親元に送り返すか、あるいは、近所の町屋へやり、売り払うか、私の屋敷内に置いておく事はならない。

もし、乗物に乗らなければと女房がいったら親元へ返すか、夫婦連れで当方をでるか、勝手次第にした。

「しかし、私のいう事はそれ以前に無理である。」

といい、すんなり挨拶をして機嫌を直し、それから居間に一緒に行き、料理を出して、用事を話して帰ったと、老父が私に話してくれた。

1 打掛けをつけない上着と下着。
2 表裏を同質・同色で仕立てた着物。
3 縞織物の筋に似た模様の生地。
4 袖口を狭くした方領の服。
5 練貫の平織り地で仕立てた腰替わりの小袖。江戸時代、武士が礼装の大紋や麻裃の下に着用した。
6 襦袢の襟の上に掛けて装飾とするもの。
7 紋付の礼服に用いる。

8　身分のある女性が、顔を隠す為に被った布。

9　女が人に負われる時、後ろ向きに腰をかけた木。

第四三話

乗輿禁制の事

一、問　乗輿《みこし》[1]は、以前も今のように、制限があったのであろうか。

一、答　筆者が若年の頃は、乗輿の禁制は特に厳しかったように覚えている。以前は直参の衆はともかく、大名方の家来は五十を超える歳になったら、乗輿のお願いをした。その時、大家・小家に限らず、大名方の家老職を申し付けるという事を、主人方からお願いしていただければ、乗物を許された。

その他には、たとえ、高い知行の重職であっても、竹輿でなくては許されていなかったので、皆は、竹輿を渋塗りにして乗っていた。

町人・職人も五十歳以上になり、又は僧侶は、願い出れば竹輿に乗る事を許された。現在の、御免駕籠[2]という物はなかった。

当時でも、四座[3]の猿楽達は、申請すれば、老若関係なく竹輿に乗る事を許されていたが、一様に黒く塗り、他の竹輿と区別されていたとの事であった。

竹輿の事で、代々の公儀の御用を勤めた者に、橋本甚三郎《はしもとじんざぶろう》と申した町人が、竹輿を申請し、僧侶の姿をして橋本深入と改名した頃の事である。御用があって登城する日、渋塗りの竹輿に乗り、下乗橋[4]まで来たところ、徒目付が、

「その方は何者なのか。何と考え竹輿でここに来たのか。」

と尋ねたので、

「私は、御用を承る橋本深入と申す者です。」

と申せば、徒目付衆が聞かれて、

「たとえ御用達であっても、下乗橋まで竹輿に乗ってくるのは違反であるから、通す事は出来ない。取り調べを行う。」

との事で、深入は大いに困ってお掘端に平伏していたら、朽木民部少輔《くつきみんぶしょうゆう》[5]殿が登城して、深入を見掛け、徒目付衆へ、

「あの者は、何故、ここに居るのか。」

と尋ねたので、

「すべての町人のような者は、誰もが、門外で下乗する事になっていますが、この辺りまで、竹輿に乗って来たので、ここに控えているように申し付けたのです。」

と申せば、お聞きになって、

「あの者は、最近、輿の申請をして僧侶の身になったので、竹輿に乗ってどこまでも行けると思い、ここまで乗り付けたと見える。近頃、不調法な事ではあるが、私が狂歌を詠むので、この歌に免じて、今日のところは見逃してやってもらえないか。」

と民部殿が申した。

徒目付衆も民部殿の申し出にあれこれいったが、民部殿は取り合わず、次のように詠んだ。

橋本てをりへきものか乗物で　深入りをしてとかめられけり

1 屋形の内に人を乗せ、その下にある二本の長柄で、肩にかき上げ、又は、手で腰の辺りに支えて運ぶ乗物、身分によって異なる。
2 江戸時代奉行の許しにより、医師・町人などが乗った自家用の駕籠。
3 室町期に成立した大和猿楽の団体。外山座・結崎座・坂戸座・円満井座を大和四座と呼ぶ。
4 江戸城の下乗の制は、大手門外堀端など、門外の橋々に下馬の制札があった。
5 朽木稙綱。民部少輔。江戸時代前期の大名。常陸土浦藩初代藩主。一六〇五～一六六〇年。

第四四話

島原切支丹成敗の事

一、問　肥前国[1]島原の乱[2]は、はじめはさほどの事では無かったが、次第に事が大きくなってきたと聞いている。当時、島原守護職方の油断による不手際であったといわれているが、いかに聞かれているか。

一、答　島原の乱といっても、かなり前の事で、筆者も生前の事なので知りようも無いが、そなたが申す通り「二葉[3]で爪を切る事をしないならば、斧を用いる」という通りで、まだ事が小さいうちに、攻め寄せてつぶせば早くに片付いたに違いない。

その当時の島原の城主は、松倉長門守《まつくらながとのかみ》[4]殿であったが、参勤で江戸に居て国元を留守にしていた時であった。

長門守殿に仕えている者に、谷岡九左衛門《たにおかくざえもん》・松田半太夫《まつだはんだゆう》・木村弥平次《きむらやへいじ》といった人々とは、筆者が若年の頃、親しく付き合っていたので、いつも雑談を聞いていた。

その事件は、地下の切支丹達が、突然暴動を起こしたというもので、至って火急な事であった。

逆徒達が、申し合わせて島原の城を乗っ取って籠城したという噂の通り、押し寄せてきて、斧・鉞《まさかり》で城門の扉を打ち破りはじめたが、城中から激しく防いだので、暴徒はすぐ退散した。

その時、城内でも、地下の切支丹達を滅ぼそうと、皆で集まって相談したが、その当時、肥前の国中の者ほとんどが切支丹のようだという噂もあり、城中に居る下々の奉公人達の中に、切支丹一味の者達が、どのくらい居るか計り知れなかった。

もしも、そのような者達が、城外の暴徒たちと内通して、夜中に火をつけるなどの悪事を企てるかもしれないと気遣い、侍分の者達は、油断無く昼夜の巡回をして城を堅く守ったが、善後策を講じ、城を離れて城下に人数を出す事は無かった。

ただし、この事を留守居達の油断だとばかりともいっていられない事があった。当時、鍋島殿[5]の家老に、鍋島安芸守《なべしまあきのかみ》[6]という者が大勢連れて、領分の境界まで繰り出したが、勝手に、他領へ押入る事は出来ないので、豊後に配された御目付衆[7]へ、使者を出して伺ったところ、目付衆が申されるには、

「指図をするとなると、我々も出ていかなければならない。しかしながら、このような時でも松平一伯[8]殿を警備するのが、本役の勤めであり、それを疎かにする事は出来ない。」

との事で、埒が明かなかった。

その後、長崎奉行へも伺ったが、このような状況ではこちらの警護が大事との事で、これも埒が明かず、それから京都所司代へ通達して、江戸にお伺いを立てる事になった。

数日のうちに、一揆勢は有馬原の城に要害を構え、切支丹達も多く集まり、籠城の食料等も思うように支度出来たので、事は難しくなった。

その時、京都所司代の板倉《いたくら》周防守《すおうのかみ》殿から、時付飛脚[9]で江戸に知らせがあったので、老中方は皆迎合して、朝五つ時[10]に登城した。

七つ時の下城の際に、下乗橋で、土井《どい》大炊頭《おおいのかみ》殿が、松平《まつだいら》伊豆守《いずのかみ》[11]殿へ申すには、

「各位は、恐らく明朝も早く登城する事になるでしょう。私は、明朝宿でやらねばならない用事があるので、少し遅刻します。先程も話した通り、奉書[12]については各自の印を押しておいて下さい。私も登城次第すぐに印を押して奉書を渡すようにしたい。」

との事で帰宅した。

翌朝、大炊頭殿が登城したところ、他の老中方は、既に登城されていて、伊豆守殿が申すに

は、

「昨晩申された通り、奉書が出来たので、全員、印を押しておきました。」

と差し出されたが、大炊頭殿が披見して、どことなく思案顔に見えたので、伊豆守殿が

「何かそなたのお考えでもあれば、お聞きしたい。奉書は再び用意する事も可能です。」

といえば、大炊頭殿が、

「文言は、全て羅列され、各位の押印も済んでいますが、この奉書は、諸大名方の手前、今後も残るものです。一揆蜂起となっていては事後の処罰にも影響する気がします。ただありのまま切支丹の暴動としては、いかがであろうか。」

といわれたので、伊豆守殿をはじめ、その他の老中方も、

「まことにそなたの仰せの通りである。そこには皆、気づきませんでした。」

といって、書き直したのである。

1　現在の佐賀県と長崎県の一部。
2　一六三七年に肥前島原藩と同国唐津藩の飛地肥後天草の農民が，益田時貞（天草四郎）を首領におこした百姓一揆。
3　物事のはじめ。
4　松倉勝家。長門守。江戸時代前期の大名。肥前島原藩主。一五九七～一六三八年。

5 鍋島勝茂。信濃守、侍従。安土桃山時代から江戸時代前期の武将、大名。肥前佐賀藩初代藩主。一五八〇〜一六五七年。
6 鍋島茂賢。安芸守。戦国時代から江戸時代前期の武将。肥前国佐賀藩の家老。一五七一〜一六四五年。
7 幕府の目付である林勝正、牧野成純。
8 松平忠直の戒名。隠居後、豊後府内藩へ配流の上、謹慎となった。
9 届ける日時を指定した飛脚。
10 午前八時頃。
11 松平信綱。伊豆守。江戸時代前期の大名。武蔵川越藩初代藩主。老中を務める。一五九六〜一六六二年。
12 上意を奉じて、侍臣・右筆らが下す、命令の文書。

一、問　その時、江戸に居た九州の大名衆へは、領国に戻り指揮を執るために早速、お暇を下されたと伝わっているが、いかに聞かれているか。

一、答　筆者が聞いているのは、奉書を調えた四つ時[1]頃、九州大名衆は、いずれも御前へ呼ばれ、島原の件をお聞きして、各自支度を調え次第、出発するようにとの事でお暇が下されたようである。

当時はまだ、諸大名方ともに経済的に破綻しているところも少なく、早々に支度を調えて、各自、なにはさておき出発された。その中に用意が出来ない大名が二人いて、困っていたようで、世間でもあれこれと噂されたようである。今後も遠国大名方の家では、いざという時の心構えが必要でしょう。

大名衆へお暇が出されたその日、在国の九州衆の家来達に、例の奉書が渡された。

1　午前十時。

一、問　切支丹の成敗の命令が下った時でもあろうか、酒井讃岐守《さかいさぬきのかみ》殿宅で堀田加賀守《ほったかがのかみ》[1]殿と内藤帯刀《ないとうたちわき》[2]殿が、何事か口論に及んで、大変な事になったところ、讃岐守殿が仲裁に入ったので事が済んだと、世間で噂をしている事について、いかに聞かれているか。

一、答　その事を筆者が聞いているのは、島原へ派遣された板倉内膳正《いたくらないぜんのかみ》をはじめ、その他御目付衆からの毎度の報告で、寄せ手[3]方の諸大名の家中に、負傷者や討死の者が多く、城を落とすのがはかどらないとの事で、ある日、公方様は讃岐守殿を呼んで、

「島原の事を、内藤帯刀はどのように思っているのか。年配の者にも会って意見を聞いてみるように。」

との上意で、讃岐守殿は、御城から帯刀殿へ手紙で

「少々お聞きしたい事があるので、七つ時にお出でいただき、宵の内にお話をしたい。」

と伝えた。その時、公方様は加賀守殿も呼び、

「今晩、讃岐守方へ帯刀が行くので、その方は偶然に立ち寄ったようにして、帯刀の話を聞くように。」

との上意で、加賀守殿がお出でになった。夜に入るまで、雑談していたが、何かについて加賀守殿がいわれた事に対し、帯刀殿が聞かれ、

「そなたのような若い者が、出る幕ではない。」

と申したので、加賀守殿が、

「あなたは、若者をないがしろにいわれるが、大坂の陣の時は、おいくつだったのですか?」

といって、互いにあれこれと言い合っていたら、帯刀殿は、

「千も万もいらぬ。」

といって、早くも脇差しの柄に手を掛け、加賀守殿の側へ寄って切りつけようとしたので、加賀守殿も、脇差しの柄に手を掛けた時、讃岐守殿は帯刀殿を押え付けながら、加賀守殿の方へ振り返り、

「そなたは、上様の御厚恩を忘れたのか。」

と激しく申せば、加賀守殿もそれを聞くや否や、

「誠にその通りでした。」

と両手をついて、

「さて〳〵、御老人に対し失礼な事を申し上げ、ご迷惑をおかけいたしました。堪忍して下さい。」

といえば、帯刀殿も、

「そなたが、そのように申される上は、自分も申し訳ない。」

との事で済んだ。

その後、讃岐守殿が、小姓[4]を呼んで、酒肴を取り寄せ、

「これまでは適わなかったが、この家の主人の身を安心させるためにも、互いに盃を取り交わしてくれないか。」

と申せば、加賀守殿が、

「讃岐守殿の御指図ではありますが、そのようには出来ません。帯刀殿は、御老体であるのに私が失礼をしたので、帯刀殿の盃を私が頂きます。」

と申せば、帯刀殿もそのようには出来ないとの事を、加賀守殿が聞かれ、

「勘当を掛けてまで、盃を取り交す事はやめましょう。」

と申されたが、讃岐守殿はあれやこれやと仲介して、帯刀殿の盃を、加賀守殿が呑まれて、事が済んだ。

両人が帰宅した後、讃岐守殿は用人を呼び集め、

「今夜の客たちの件を、今後外に漏らさぬように。ちょうど家に居合わせた侍には、残らず連判の誓文を、取るように。」

と申し付けた。

しかしその時、お座敷で争いがあったので、侍達で無く、他の下々の者までも次の間辺りで聞いていたので、彼らの口から情報が流れたのだろうか、讃岐守殿の家中はもちろん、江戸中の噂となった。帯刀殿は、それ程の年寄りでもないのに、もうろくされたかと、加賀守殿に対し、そのような振る舞いに及んだというのは、言語道断であり、島原の乱が落ち着けば、よくても岩城の知行地を取り上げられ、遠国に所替をされるのは明白であると、しきりに噂された。

翌年正月二十四日、増上寺へ仏参に御成りの時、その朝に限って特別に寒さが厳しいところ、帯刀殿も供奉のために、出勤されているのを御輿の中からご覧なり、「帯刀」と上意があったが、遠く離れていたため聞こえなかったところ、御側衆より大声で「帯刀と召されました。」

と伝えられたので、すぐ出られたところ、御輿近くに呼ばれ、

「今朝は、特別に寒さも厳しいのに、出て参ったのか。早々に帰って休息するように。」

という上意で、重ねてお供の者に、

「ただ今の上意にあった通り、早々に帰って休息するように。」

と再び上意の趣旨を、同列の衆中へも伝えたので、帯刀殿は帰宅した。

この事が世間にも聞こえたので、それから岩城の所替の噂も止んだそうである。

1　堀田正盛。出羽守、加賀守。江戸時代初期の大名、下総佐倉藩初代藩主。老中格、老中、大政参与などを務める。家光公と殉死。一六〇九～一六五一年。
2　内藤忠興。帯刀。江戸前期の大名。陸奥国磐城平藩主。一五九二～一六七四年。
3　攻め寄せて来る軍勢。
4　主君の側近に仕えて雑用をつかさどる武士。
5　大名・旗本の家臣で、家政の中枢に位置した役人。

一、問　切支丹御成敗の時、九州の大名衆だけに命令が下りたが、中国の大名衆の中でもかの地へ出陣した者もあり、その上、遠く方角の違う越前福井の家中でも、出陣の準備をし、慌

しかったとの噂を聞いているが、いかに聞かれているか。
一、答　筆者が聞いているのは、四国・中国の大名衆の家中では、万が一、島原の乱が収束しない場合は、追々出陣の命令があるに違いないと、九州に最寄の四国・中国衆の中では、その心構えをしていたところもあった。
中国衆の中で、備後福山の城主水野美作守《みずのみまさかのかみ》[1]殿一人だけに主人が仰せ付けられ、かの地へ遣わされた。

その理由は、老父日向守勝成《ひゅうがのかみかつなり》[2]という人は、関ヶ原・大坂両度の陣でも武功のあった人である。

その頃は隠居して、水野宗休《みずのそうきゅう》と名乗り、随分達者にしておられた。島原への御用の声がかからないので、子息・美作守殿が派遣されるようにして、老父宗休も一緒に参り、松平伊豆守《まつだいらいずのかみ》殿・戸田左門《とださもん》[3]殿などと頻繁に会っていた。

次に、越前福井の城下でも出陣の支度をしていたというのにも理由があった。

島原の一件がなかなか収束しないという噂があり、松平伊豆守殿が願い出て、

「この度、島原の切支丹の御成敗は、未だ、決着しないと聞いています。このように長引くというのは、後の代までも、影響が残りますので、私へ、仰せ付け下されるならば、早速にも出

陣し鎮圧いたします。」

と申し上げれば、その事が君主の耳にも入り、その趣に御満悦びになられたが、

「既に大将の出陣も検討されているような時になって、御名代として行かれるのは別として、切支丹達の成敗にその方を遣わすのは、越前の家柄では考えられない。」

と仰せ出られた。

しかし、このお願いを申し上げる前に、ご家中の長である侍達へは、内意を申し渡していたので、人々はその支度をしていたのである。

1 水野勝俊。美作守。江戸時代初期の大名。備前福山藩主。一五九八～一六五五年。

2 水野勝成。改名、宗休。日向守。戦国時代から江戸時代初期の武将、大名。備後福山藩初代藩主。一五六四～一六五一年。

3 戸田氏鉄。別名、左門。采女正。安土桃山時代から江戸時代前期の武将、大名。美濃大垣藩初代藩主。一五七六～一六五五年。

一、問　島原の乱の鎮圧がなかなか進まない事で、先ごろ板倉内膳守殿を遣わしたが、さらに御老人方の中から一人を派遣し、それでも事が鎮まらないのであれば、九州最寄の四国中国衆を派遣する事もあり得る事である。その場合に至れば、御名代として重要な方を一人仰せ付

ける必要がある。その場合、家柄といい、風格といい、保科肥後守《ほしなひごのかみ》[1]殿より他に無い、と江戸の人々がさしあたって噂をしていたら、噂のように老中方からは、松平伊豆守殿、譜代衆の中から戸田左門殿が仰せ付けられた。続いては肥後守殿だと人々がいっていたところ、急に肥後守にお暇が出され、領国である羽州最上[2]へ帰城なされたとの事について、その頃、皆が不審を抱いていたが、いかに聞かれているか。

一、答　筆者が聞いているのは、その頃、下々が噂をしていたのは、

「この度、島原の城に閉じ籠もっている切支丹達の誅伐のために、九州大名衆も黒田・細川・鍋島の三家をはじめ、その他いずれも出陣されているが、江戸からは遥かに遠国でもあるので、御名代として、連枝方の中から一人を遣わされるべきだが、せめて老中方から一人は行かれるべきだ。」

との声があった。

そのようにしても、板倉内膳正殿では収束しないので、再度、老中方の中から一人が行かれる場合は、阿部豊後守《あべぶんごのかみ》殿に決まっているような情報があり、豊後守殿の家中の者も心の準備をしていた。これにより豊後守殿の心底にも、そのようであったのだろうか、松平伊豆守殿へ島原表の御用が仰せ付けられた日の夕方、御城下りの時、家老達が豊後守殿の前で、

「今日は、伊豆守殿に、島原表の御用が仰せ付けられたようですね。」

と申せば、豊後守殿が聞かれて、

「伊豆守殿には、武家の名利[3]にかなわれ、格別の事である。それに関して私の家中の者達は、この豊後守がこのような時に役に立てなくても、そのまま主に尽くす者は、特別に平穏な時代であれば、再びこの度程の出来事はない。島原表の様子を見たいと思う者は、望み通り、暇をやるので、たとえ譜代の家柄の者であっても、少しも遠慮する事無く願い出なさい。」

といわれた。

そして又、保科肥後守殿も、今後もしも、御名代が必要となれば一番の候補と世間ではひたすら噂していたが、数日後には、江戸屋敷はいうまでもなく、最上でも家中一同が支度を調え出陣の命令を待っていた。

そのようなある日の夕方に、

「明け四つ時に御用があるので、登城するように。」

との連絡があり、さては世間の噂の通り、島原への御用を仰せ付けられたのか、と皆が推量していたところ、最上へ帰城の御暇が出されたので、

「恐らく、肥後守殿は心外に違いない。」

と思った渦中の者たちの予想とは大いに違い、ずいぶんと機嫌よく、早々に支度を調えて帰城した。

これについて、権現様の御在世の頃、台徳院様へ、

「奥州辺りで何事か起きたら、上方の動きに注意を払い、又、西国で何かの事が起こった時は、奥州辺りに十分注意を払うように。」

との上意があったからだ。最上の城地は古来、奥州の押さえの場所なので、親切なお考えからお暇を下されたので、特に有り難い事だと思われたそうである。

その時、最上へ帰城され、家老達へ、肥後守殿が雑談で聞かれた事は、

「この度の島原での切支丹の暴動は、最初は至って小さな事であった。その時に攻め掛けて、滅ぼしていれば、簡単に収束したはずのもの、何やかやと先延ばししているうちに彼らは、古城の要害を構え同調者も集まったので、事が難しくなったのである。とりわけ、九州の中に、しっかりした譜代大名がいなかったからである。事が微小な内に処理して、万一不手際があれば、上からお咎めがあり、それまでの良し悪しに関係なく領地を取り上げられ、身上を潰される事もあり得ると覚悟を決めなければ、思い掛けない時の御奉公は出来ない。」

といわれたそうである。

その頃、羽州内の白岩という所の百姓達が徒党を組み、代官衆に反抗して手代[4]達を打ち殺そうという企てが露見したけれど、人数が多いので代官衆の手に負えず、最上にその事を相談に来た。これを肥後守殿が聞かれ、保科民部《ほしなみんぶ》という家老に詳しく指示された。民部は白岩へ行き、例の百姓達を呼び集め、調査したところ、案内役の代官衆からの報告には相違無く、百姓達の不届きがはっきりした。民部が百姓達へ、

「その方達のいうのはいちいち、尤もである。しかし、公儀の代官衆を相手にしての事であれば、江戸表からのお裁きがどのようになるか計り知れない。幸いこのところ、肥後守殿が帰城されているので、連判[5]の者達だけ申し合わせて、出来るだけ騒がず最上へ行き、目立たないように、二、三人ずつ別れて旅泊し、そのうち、人数が残らず揃ったところで、連判の訴状を認め、肥後守殿へ直訴する事である。当然、この内意の話を伝えてはならぬ。」

と言い含めたので、悪党達は大いに喜び、民部が帰った後、三~五人ずつで最上へ行った。民部が言う通り二、三人ずつ宿を取っているうちに、人数も残らず揃ったところで、各宿へ押し入って、残らず召し捕ったという事である。

その報告を肥後守殿が聞かれ、

「その百姓達を、残らず河原へ引き出して、磔《はりつけ》にするように。」

といったので、家老並びに奉行役の者達が、

「その者達は重罪であるが、すべて領所の百姓達なので、当分は牢屋に入れて置き、一応江戸表へ伺った上でお仕置をお仰せ付けられるべきでしょう。」

と申し上げたが、肥後守殿が聞かれて、

「そのように、遅らせる事は不要である。早々に仕置を申し付けよ。」

と申されたので、その翌朝になって、広河原という所で三十六人の者達を残らず磔に言い付けた上、この白岩における仕置を、指図されて事が済んだ後、江戸表へ報告されたという事だ。

その後、江戸の人々は、

「今度最上で肥後守殿が、磔に申し付けた罪人達は、元来は、蔵入り[6]の百姓達なので、一応江戸表へ伺った上で、仕置すべきであるところ、三十六人の罪人を、独断で仕置をしたのは問題である。当分のお咎めは無くとも、参勤された時にどのような仰せがあるのか知れない。」

と噂していた。

肥後守殿が参勤された時、例年の通り、上使[7]がこられた。その日の夕方、内田信濃守《うちだしなののかみ》[8]殿を上使として訪問され、

「今後も公儀の政務で思う事があれば、遠慮無く申し上げるように。」

と仰せられ、その事が世間に聞こえ、礫の事件も不問に付す事となった。

1 保科正之。左近衛権中将、肥後守。江戸時代初期の大名。信濃高遠藩主、出羽山形藩主を経て、陸奥会津藩初代藩主。徳川秀忠の庶子。保科氏の養子。一六一一～一六七二年。
2 出羽国の別称。山形最上郡。
3 名誉と利得。
4 郡代・代官・奉行どに属して雑務を扱った下級役人。
5 二人以上の者が文書に署名や印判を連ねる事。
6 年貢米を蔵に納入する事。領主の直轄地を指す。
7 江戸幕府から諸大名などに上意を伝えるために派遣した使者。
8 内田正信。信濃守。江戸時代前期の旗本、大名。一六一三～一六五一年。

一、問　島原の件が片付き、皆が江戸へ帰られた時、石谷十蔵《いしがやじゅうぞう》殿は御城へ呼ばれ老中方の列席中で、お叱りの上意があり、「暫く閉居するように」といわれた事について、いかに聞かれているか。

一、答　筆者が聞いていているのは、そなたがいわれる通り、御城へ呼ばれ、島原での元日の総攻撃についてお叱りの上、「閉居するように」といわれた。

その後、十蔵殿は老中方へ向かわれ、

「まず上意の趣旨は恐れ入り奉ります。さてこれは、皆様へ申し上げます。板倉内膳正殿が、武運に恵まれず深手を受け、その場で討死されました。私は傷が浅かったので、生きながらえて江戸へ戻って参りました。しかしただ今、このような上意を承り、ひとえに、武士の名利が尽き果てました事は、やむを得ないと考えます。」

と述べ退出した。

その顔色に、老中方はいずれもお気付きになり、堀田加賀守殿が座を立たれて目付衆へ、

「十蔵を呼ぶように。」

と申したので、中の口まで追い掛けて、その旨を伝えると、

「私は、お咎めを受け退出した身なので、加賀守殿へお目に掛かる理由もない。」

と言い捨て退出したのを、同役たちが追って来て、

「たとえ、お咎めを受けたにしても、加賀守殿がお呼びになっているのに行かないというのは、そなたらしくない。我々に呼び戻すようにいわれたのに、それを押し切って退出されては、我々の立場もない。」

と同役たちが申されたので、十蔵殿は渋々戻られた。加賀守殿は側近くに呼び寄せられて、何事か暫く話をされていたが、十蔵殿は両手をついて謹んで聞かれた。

それから退出した時は、前のような顔色では無く、同役たちへの挨拶も穏便にして、退出されたそうである。

1　玄関と台所口との間にある入口。

第四五話

慶長五年以後天下統一の事

一、問　そなたは、慶長五年（一六〇〇）関ヶ原の戦い以後の百三十年、兵乱というものが無く、引き続き平穏な時代であったというが、去る、慶長十九年から元和元年（一六一四〜一六一五）まで、夏・冬両度に及んだ大坂の陣があった。両御所様も御出陣され、日本国中の諸大名方も出陣され、城方はいうまでもなく、寄合衆[1]の方も夏・冬の二度にわたり戦死者も多かった事である。天下の騒動といえるが、これは兵乱では無いとはいえないのではないか。この事は、納得出来ない事である。

一、答　そなたが申す事も、一応は聞きますが、そうでは無い。

その理由は、たとえどれほど無病・息災で長寿を保っている者であっても、一生の間に二度や三度は大病をしないわけでは無い。

しかしながら、それは長生きの傷にはならない。どれほど平穏な時代であっても、天下の国々に予想外の騒動というものが無いはずはなく、その騒動を指して兵乱とはいわない。去る、大坂両度の陣は、反逆の諸侯を御誅伐するためのせめぎ合いだった。子細は、大坂夏の陣の兵乱の時、秀頼《ひでより》公は幼年であったが、母の淀《よど》[2]殿は、逆徒方一味というのは紛れもない。

そうであれば、反逆の者を追討する時、秀頼公も身上を削られ、どこかに五十三万石ばかりも与えられ、平大名になられても当然の事である。ところが、五十万石余の国持になった。父親の秀吉公の居られた大坂の城に、そのまま住まわれて、大臣職を与えられ、孫婿にまでなった事は、秀頼公の身にすれば、大変幸せな事である。

なぜそうなったかというと、秀頼公の父親秀吉《ひでよし》公は、尾張国中村という所の土民の子であったが、織田信長《おだのぶなが》公の平の中間《ちゅうげん》[3]の地位にあったのを、大変に利発であったので、信長公のお気に入りとなり、程なく出世して丹波助太郎《たんばすけたろう》・大鐘藤八郎《おおがねとうはちろう》・岩巻市若《いわまきいちわか》という三人の中間頭達と同役になった。

それから続々と信長公に取り立てられて、羽柴筑前守に任命され、播州姫路の城主にまでなった。その矢先、明智日向守《あけちひゅうがのかみ》[4]が謀反をし、信長公が思いがけなく亡くなられた時、秀吉公は備中の戦場から、直ちに戻られて京に上り、山崎で一戦を遂げ逆臣の明智を討ち果たした。

その後、柴田勝家《しばたかついえ》[5]、滝川一益《たきがわかずまさ》[6]と合議し、一度は信長公の跡継ぎの仲立ちをされたが、心の奥底では、自立の望みを含んでおられたので、色々な事にかこつけて、まず信長公の子である織田信孝《おだのぶたか》[7]にも腹を切らせ、織田信雄《おだのぶかつ》卿も討ち果たしに取りかかったが、父親の信長公と、親しかった権現様が、尾州小牧表へ御自身が出馬して信雄卿を救われたので、信雄卿追討は、秀吉公の自由にならず、この場は和睦を調えておいた。

天正十八年（一五九〇）、北条家を攻め滅ぼし、その後、信雄卿にも流罪を申し付け、その領地を、自分の甥の近江中納言秀次《おうみちゅうなごんひでつぐ》[8]に与え、信長の嫡孫中納言秀信《ちゅうなごんひでのぶ》[9]へも、順次、岐阜の城地十万石を与え、さらに自分の諱の字を授けて、秀信と名乗らせるような事をしたというのは、すべて、世間では皆が知っている。

権現様については、元来、清和源氏の家筋といわれ、その上、参州・遠州・駿州・甲州・信州の合わせて五ヶ国の守護職でおられた。

秀吉公と再び親密になられ、浜松中納言《はままつちゅうなごん》殿、又は駿河大納言《するがだいなごん》殿、江戸内府《えどないふ》公などといわれ、秀吉公とは、公家仲間のお付き合いというまでの事で、豊臣家の幕下とか旗本という訳では無かった。

もちろん、秀吉公の厚恩に、御預かりになったという事も無かったので、秀頼公の事は、何も知行を与えなくても当然のところに、父親の秀吉公と、気心が分かり合ってた家柄であった事も思われ、結構な扱いをされていた。それを有り難いとも思わず、理由のない不満をいわれ、さらに御当家に対し、敵対の逆意を持つとは、言語道断の無分別というものである。

右にも述べた通り、父親秀吉公の厚恩に預かったというのは、挙げても数えるほどしかなかった。厚恩を忘れ、信長公の子孫にさえ情け無く当たった先例もあるが、そのような思いもなく、秀頼公が若気の無分別でいう事も、家老の大野修理大夫《おおのしゅりだいぶ》[10]をはじめ木村《きむら》[11]、渡辺《わたなべ》[12]が協力して忠告したり抑えたりすべきだが、物の道理を弁えた家来達が無いので、結局共に口論し、秀頼公の無分別を増長させ、ついに身上を滅亡させた事は、残念であるが、仕方が無い次第である。

その時、大坂城中に立て籠もった浪人達の中でも、毛利豊前守《もうりぶぜんのかみ》[13]・長曽我部宮内少輔《ちょうそかべくないしょうゆう》[14]・真田《さなだ》左衛門尉《さえもんのじょう》[15]は、去る関ヶ原の乱の時も逆徒方として敵対した者達だが、種々謝罪を申し上げたので、助命にして置かれた。その者達がまた秀頼公へ味方し、その他浪人達が多く集まり、籠城していると、板倉伊賀守《いたくらいがのかみ》殿から報告があったので、諸大名方へも出征するように仰せ付けられ、両御所様も、冬・夏共に出陣された。大坂でのお仕置を仰せ付けるまで、また以降も、このような事は無かった。

理由は、秀頼公の地位に替わる事が出来ない諸大名というのが多くいたからです。

その大名方の中には、無分別な人、又は乱心者もいて公儀を恐れず、勝手気侭を通し、江戸参勤も行わず、居城に引き籠り、呼び出しの上意にも応じなく益々、気侭に働くので、そのままにしておけなかったら、諸大名方へ仰せ付け、誅伐を加える事もあり、その時の状況により御出陣が必要な時もあります。万が一、そのような時に入用な件があった場合は、当時旗本では、武士としての役目を心掛けさせて置き、方々の中に、もしも怪我などした場合は、早々に後役を仰せ付けた。

その他、武具、兵器等の破損には修復なども頻繁に仰せ付けていたので、公儀の武備は、一定の備えがあり、不足しているという事は無かったように聞こえていた。

万一御出陣という時は、旗本に先んじて出征の奉公をするのが諸大名方の第一の心掛けである。

もしも、他力本願で、武備の心掛けが薄く、先んじた出征が出来ないとか、又は、曲がりなりにも出征をしたものの、準備不足で不手際が多く見苦しいようでは、評判を落とすだけでなく、権現様の時代に軍忠を尽くされた先祖方の、武名までも汚す事になるので、実にこれは重要な事である。

公儀でも天下泰平の御代である事をよく考えていながら、治世に乱を忘れない、という事を守り、更に秀頼のような無分別な大名が出てこないとは限らないと賢明な考えをもって、武備の時では、少しも疎略する事はないという作法でもあったのか、と恐れながら考えます。「上《かみ》を学《まな》ぶ下《しも》[16]」というように、公儀の武備はしっかりと油断無く気配りをする事が、重要です。

1 旗本のうち禄高三千石以上の非職の者。若年寄の支配に属し寄合肝煎が監督した。
2 浅井茶々。豊臣秀吉の側室。浅井長政の長女。母は信長の妹お市の方。一五六七〜一六一五年。
3 武士に仕えて雑務に従った者。
4 明智光秀。日向守。安土時代の武将。織田信長の重臣の一人であったが、本能寺の変を起こす。一五二八〜一五八二年。
5 柴田勝家。修理亮。通称、権六。安土桃山時代の武将。賤ヶ岳の戦いで秀吉に敗れる。一五二二〜一五八三年。
6 滝川一益。左近尉、左近将監、伊予守。安土桃山時代の武将。近江の人。織田信長に仕える。一五二五〜一五八六年。
7 織田信孝。侍従。幼名は三七。安土桃山時代の武将。信長の第三子。一五五八〜一五八三年。
8 豊臣秀次。関白。安土桃山時代の武将、三好一路の子。母は秀吉の姉でのちに秀吉の養子となる。一五六八〜一五九五年。
9 織田秀信。通称、岐阜中納言。権中納言。幼名は三法師。安土桃山時代の武将。一五八〇〜一六〇五年。
10 大野治長。修理大夫。安土桃山時代から江戸時代前期の武将。豊臣氏の家臣。一五六九〜一六一五年。

11 木村重成。長門守。安土桃山時代から江戸時代初期の武将。豊臣氏の家臣。?～一六一五年。
12 渡辺勝。安土桃山時代から江戸時代初期の武将。豊臣氏の家臣。一五六一～一六二六年。
13 毛利勝永。豊前守。安土桃山時代から江戸時代初期の武将。豊臣氏の家臣。関が原の戦い後に改易。一五七七～一六一五年。
14 長宗我部盛親。宮内少輔。安土桃山時代から江戸時代前期の大名・武将。関が原の戦い後に改易。一五七五～一六一五年。
15 真田信繁。別名、幸村。左衛門佐。安土桃山時代から江戸時代初期の武将。関が原の戦い後に配流。一五六七～一六一五年。
16 下の者はとかく上に立つ人のまねをするという事。

一、問　そなたは秀吉公在世の時、権現様御一人は旗本でもなく、御客扱いにされ、公家仲間のお付き合いだったといわれているが、何か確かな証拠でもあるのだろうか。他の記録にはこのような事は見当たらないので、詳しく聞きたい。

一、答　その事について、筆者が聞いているのは、尾州長久手の戦い[1]の時、権現様の軍事上の策略の程を、秀吉公はしっかりと見届けられ、大いに閉口した。

自分では、天下統一の大望はあるが、今までのように、権現様と敵対していては天下を取れないと判断し、織田信雄卿へ降参を願い、和議を結び、信雄卿の仲介で、権現様と和睦され、三河守秀康《みかわのかみひでやす》卿を頼って、養子とした。

さらに秀吉公の妹の朝日姫《あさひひめ》[2]を、浜松へ輿入れさせ、縁者にまでなっても、権現様の心が打ち解ける事が無いため、三度目になって仕方なく、母の大政所《おおまんどころ》[3]を人質として、岡崎の城へ送り込んだ。権現様もこれ以上はという思いで、大坂へ上られたところ、秀吉公は大いに喜んだ。

到着の日、ご自身で宿へ面会に行かれ、翌日、大坂城中で供応があり、登城されたところ、秀吉公が、玄関の式台[4]まで迎えに出られた。御相伴に織田内府信雄卿が招かれ御座敷の次の間に、二腰[5]掛けが用意されており、権現様の腰物と信雄卿の刀を小姓達が、この刀掛けに置いた。

供応が終わった後のお茶は、千宗易《せんそうえき》[6]が、秀吉公の代わりに点てて差し上げるように申し付けられた。

その後、天守閣二重目の広座敷に上がられ、浅野弾正《あさのだんじょう》にお話の相手をするようにと秀吉公が指図され、千宗易も権現様の御希望で加えられた。

大坂表での御馳走が済んで、帰国される時、種々の土産物が贈られ、

「そなたは久しぶりの上京であるから、立ち寄って楽しまれるように。」

といって、京都聚楽[7]での御馳走人には、大和大納言秀長卿《やまとだいなごんひでなが》[8]を申し付けられ、今後も折々上京の際にお使いいただくようにと、聚楽の中に屋敷を提供され、普請については、藤堂与右衛門《とうどうよえもん》高虎《たかとら》を責任者として命ぜられ、屋敷の絵図を用意してお目に掛ければ、権現様は図面を御覧になられて、

「これは過ぎたるものです。我等今後上京の時は、暫くの旅泊までの事であるので、広い必要はありません。造りも簡単にしてください。」

といわれたので、帰国後この事について報告があったが、秀吉公の指図で、殊の外丁寧な御屋形造り[9]になっていた。

その上、上京の時、御用が足りるようにといって、近江国に知行を差し上げ、その他、浜松から京都まで、道中筋の所々にも知行を差し上げて、御用聞にといって、勘定役の者二人を、御鷹野方の御用を聞き入れる世話役に、稲田喜蔵《いなだきぞう》というものが命じられた。

とりわけ母の大政所を岡崎の城まで、人質として送り込まれたという事が、第一の証拠であり、よくよく考えられた上の事である。

天正十八年（一五九〇）になって、小田原の北条家を攻め亡し奥州を制圧中に、下野国那須に織田信雄卿を改易して流罪の身とし、出羽・奥州までも手に入り、天下統一された。数年の大望成就というのも、権現様の加勢があったからと大変満足され、一層敬い大切にして、官位を執奏[10]され、内大臣に昇進以後は、時々参内[11]され、秀吉公自身と同じく公家衆に紹介されたというのは間違いないようである。

そのような状況で、秀頼卿の代になり、伏見から大坂の城へ、引越された時に、一度だけ面会された。その後は持病のため伏見にばかりおられ、久しく秀頼卿へ対面されなかったが、大坂へ下られると仰せ出られた時、前田徳善院《まえだとくぜんいん》を呼んで、

「春以来、大坂へ行こうと心掛けたが、持病の寸白《すばく》[12]で保養をしたけれど、回復しなく不本意にも引延しになった。近頃は少しばかり持病も軽くなり、気候も涼しくなったので、近々下坂しようと思う。久しく参内もしていないので、大坂へ行く前に、参内したい。貴殿が朝廷に参り、伝奏衆[13]と打ち合わせるように。」

と仰せになった。

徳善院もともかく上京して、伝奏衆へこの事を話したところ、何の支障もないとの事で、参内の日取りを提示されたので、参内され、その後大坂へ下向され、城内の西の丸に着かれた。

このような事なので、太閤秀吉公が在世の時から、権現様御一人の事は、他の大名方とは別格の扱いをされていた事がわかる。

1　天正十二年（一五八四）に羽柴秀吉の軍が、徳川家康の軍と戦って敗れた戦。長久手は現在の名古屋市の東方に接する町。

2　朝日姫。戦国時代から安土桃山時代の女性。豊臣秀吉の異父妹。徳川家康の正室。一五四三〜一五九〇年。

3　大政所。豊臣秀吉の母。本名は仲。一五一三〜一五九二年。

4 客を送迎する部屋の玄関先。
5 腰にさげる大小の二刀。
6 千利休。法名、宗易。安土桃山時代の茶人。一五二二～一五九一年。
7 豊臣秀吉が営んだ、華麗壮大な邸宅。
8 豊臣秀長。別名、大和大納言。官位、権大納言。安土桃山時代の武将。豊臣秀吉の異父弟。一五四一～一五九一年。
9 屋根の型をした造りの屋敷。
10 とりついで奏上する事。
11 内裏（御所）に参上する事。
12 寄生虫症の総称。
13 取次ぎ役で武家伝奏といわれた。

第四六話

阿部豊後守殿一字拝領の事

一、問　台徳院《たいとくいん》様の代に、阿部豊後守《あべぶんごのかみ》殿へ一字を下され、それから忠秋と名乗られたそうで、当時はこの上ない上意であると世間で色々と評判になったが、これが確かな情報なのか分からない。そなたはいかに聞かれたであろうか。

一、答　豊後守殿が若年寄[1]になり、その後、老中に仰せ付けられたというのは、全て大猷院《たいゆういん》様の代になった寛永三年（一六二五）と寛永六年（一六二八）の事である。従って、一字拝領というのは、それより前に台徳院様の御側近くに遣われていた時の事かと思う。

一般に、一字拝領などというものは、大変な事で、事は穏便にすまされないところであるが、その当時、表立った御礼という事も無く、勿論一字拝領の披露も無かったので、その時、阿部一家の衆中の家来の者達をはじめ、めでたいと喜びを申す者も無かった。

さらに、公儀の記録にも自分の家譜にも、この一字の件は見られなかった。

但し書状などや判物[2]に名前を書く時は、忠秋と記されるように指示があり、それから二十日ほど過ぎて一門の集まりがあった時、食膳の様子が、通常とはかなり違っていたので、客は、「これはもしや一字拝領の祝儀の、振舞いなのか」と家来中が推察した。

右の通りであれば、一字を下された時の懇意の上意については、全くの虚説という事ではないだろう。

豊後守忠秋《ぶんごのかみただあき》殿の噂について、ある時、林道春《はやしどうしゅん》が浅野因幡守《あさのいなばのかみ》殿へ参り、雑談されたのは「私は昨日、豊後守殿宅へ参上したが、『手間は取らせないので、夕方まで話をしたい』と申されたので、細川頼之《ほそかわよりゆき》[3]の噂話をした。自分〔道春〕が、
京都の将軍・足利義満《あしかがよしみつ》[4]が、若年の時、八月十五夜の月見の宴会の時に、四識[5]の人々をはじめ、諸大名方は皆ご出席したが、執事職[6]の頼之の参上が遅れていた。時間も過ぎ、公方も出られて既に酒宴がはじまった頃になって、ようやく頼之が出席すれば、義満公は大いに御機嫌をそこね「私が若年であると思い侮り、定刻がある会席へ、遅刻するのは無礼である。座に着く必要はない、さっさと帰って閉居するように。」と申したので、土岐・佐々木の仲間をはじめ、皆、色々と取りなしたが、承諾がないので仕方無く、頼之は退出

して、暫く閉居していたのを、四識の人々の願いで、漸く赦免された。その時の様子を見た諸大名も、それ以降大いに上を敬服し、義満公の威光が盛んになった。と言い伝えられている。

この事は当時、義満公が若年であったために、四識の人々をはじめ、その他諸大名方も、あまり尊敬しないので、義満公へ頼之が内々に言い含み、わざと遅刻に及び、諸大名の眠前で叱りを受け、面目を失って引込んでいて、義満公へ威勢を付けたのは、紛《まぎ》れも無い。

と自分〔道春〕が申せば、すると豊後守殿が、

『その頼之は、古今、稀な優れた臣下といわれている人である。たとえ、義満公へ内々に言い含めたにしても、それを再び口外する筈は無い。その頼之の足元にも及ばない、この豊後守も、その方が存じている通り、幼い主君の御側近くでご奉公を申し上げるには、そのような心遣いも常に必要である。まして、優れた臣下と評判の頼之の事について、そなたの口からそのような事を、あからさまに述べるとは、ひどい事である。』

といわれ、大きな咎に逢い、自分〔道春〕は大変困りました。真実は、豊後守殿がいわれた通りです。」

と、林道春が語るのを忍平右衛門《おしへいえもん》という因幡守殿の近習侍がその座に居合わせていたので聞

いたと、私に話してくれた。

1 老中に次ぐ重職で老中支配以外の諸役人。特に旗本・御家人の上を支配・監督した。
2 将軍・大名などが、下の者に宛てた文書で、花押のあるもの。
3 細川頼之。南北朝時代の武将。足利義満の官領。一三一九〜一三九二年。
4 足利義満。室町幕府の第三代将軍。義詮の子。一三五八〜一四〇八年。
5 左京職・右京職・大膳職・修理職の総称。
6 将軍の代官として軍事・政務の補佐を勤めた要職。

第四七話

松平越中守殿乗物拝領の事

一、問　いずれの代であろうか、松平越中守殿《まつだいらえっちゅうのかみ》へ、公儀から乗物を拝領された事があり、それから同家では代々、乗物の棒を、黒くして乗ったとの事である。その乗物を下された時、懇意な上意があったようだと世間では色々いわれたようだが、そなたはいかに聞かれているか。

一、答　この事について筆者が聞いているのは、大猷院《たいゆういん》様の代に日光へ参詣された帰りに、野州宇都宮での事であった。しかし、その時の上意の内容については、誰も知っている者は、いなかった。

詳しくは筆者が若年の時、浅野因幡守《あさのいなばのかみ》殿方で振舞があり、来客たちの座中で越中守殿の乗物拝領の話題になり、因幡守が話された。

「私は越中守殿とは縁戚でもあり、その上特に親しくしています。ある時、乗物拝領の時の話を、聞きたいと思い、尋ねたが、はっきりした話を聞けなかったので、松平安芸守《まつだいらあきのかみ》殿方にて一家で振舞の時、勝手座敷[2]で越中守殿と私の二人だけだったのを幸いと思い、再度、乗物拝領の時の様子を尋ねました。越中守殿が『そなたは、この間もこの事を申したが、一般に乗物の棒を、黒く塗りにするのは、法中[3]は別として、武家方では以前は無かったものです。私が乗物の棒を黒くして乗り歩くのには、何か理由でもあるのだろう、と推量してほしい。』との返答だったので、その後は尋ねもしていません。従って、今世間で、あれこれ風説があるのは、全て推量から出たものという他はありません。」

と因幡守殿が、客人たちにいわれた。

前にも述べた阿部豊後守《あべぶんごのかみ》がまだ微官少禄[4]の時に一字拝領した事、越中守殿が黒塗りの棒の乗物を許された事などは、他に例のない事であれば、その時の上意の懇意の次第を、外へもらさないというのは、至極当然である。私のような至らぬ者でも分かる事である。

その理由を申すと、通常大体の事は人に語り、吹聴してもらってもよいものだが、自分自身に余りにも過ぎたる好意があるときは、主君の事でもあれば、さらに友達との交りにおいても、人に広く知れ噂になるのは、先の人のためにもならない。

人によっては、主人より、針の先程の懇意に預かれば、それを棒ほどにも大きく吹聴する者もいるが、それはよくない事である。

その理由を申すと、功を賞するのに、その浅深軽重を乱してはいけないという、主を持つ人の慎みの一つである。

従って、身に余るような過分で、辱ないと思うような主君の懇意などは、自分の心の底に収めて置き、二度と口外しないという慎みも無くてはならない。

1　松平定綱。越中守。江戸時代前期の大名。伊勢桑名藩主。家康の甥。一五九二〜一六五一年。
2　台所に通じる座敷。
3　僧侶のたち。
4　官吏で少ない俸給。

第四八話

松平伊予守殿越前本家相続仰せ付けの事

一、問　寛永年間（一六二四～一六四三）松平三河守忠直《まつだいらみかわのかみただなお》殿が乱心のため、豊後国萩原[1]へ流罪になり、越前の本家が断絶になるため、弟の松平伊予守忠昌《まつだいらいよのかみただまさ》殿へ本家相続が仰せ付けられたところ、故中納言秀康《ちゅうなごんひでやす》公へ権現様から遣わされた知行高が減って五十万石になる事を、伊予守殿が不足に思い、お請けしないと申し上げてお城を退出された、という事が世間で噂になったのは、その通りだろうか。

一、答　時代が隔たれば、世間の噂も違ってくる事もある筈であるが、とりわけ今そなたがいわれた事は、全くの間違いである。

本家相続の事を、伊予守殿が仰せ付けられた時、松平出羽守《まつだいらでわのかみ》[2]殿・松平大和守《まつだいらやまとのかみ》[3]殿・松平但馬守《まつだいらたじまのかみ》[4]殿の三人の弟達も呼び出され、各々に分知[5]を下されたので、伊予守殿は何の不満も思われる理由がない。元々、御用があるという事で呼ばれ、伊予守殿たちは、同道で登城したが、何の仰せ渡しも無く帰宅したのには、数々の理由があった。

筆者が聞いているのは、伊予守殿という人は、故中納言秀康公の次男で虎松《とらまつ》殿といい、十一才になられた時、権現様の上意で駿河に呼ばれ、於梶《おかじ》の方[6]という女中へ養子にくだされた。

その年、江戸表へ下向され、台徳院《たいとくいん》様に、御目見し、領地として上総国《かずさのくに》姉ヶ崎という所を一万石下され、本多佐渡守《ほんださどのかみ》殿に後見を仰せ付け、台徳院様の側で成長された。大坂冬の陣の時は、若輩ながらお供して、本多佐渡守殿の陣に合宿し、翌年の夏の陣の時は、誰であろうとも前髪がある若い人達を、お供に連れて行かないという、雑談を聞かれて、ある夜、若輩の小姓に申し付け、公儀への伺いも無く前髪を落とし、男に成ったので、側近の者達は大いに驚いたが、どうにもならないのでそのまま佐渡守殿へ報告した。

さらにその事が主君のお耳に入ると、

「前髪がある者達は、今度の供に連れて行かないという事を、誰が虎松に言い聞かせたのだろう。」

との上意でお笑いになった。

その後、虎松が呼ばれ御前へ参上すれば、御覧になり

「よい男になった。よく似合っているわ。」

との上意で一段と御機嫌よく、名を伊予守と付けられ、諱字[7]を下され、御腰物[8]をも拝領する事を仰せ付けられ、それより伊予守忠昌となった。大坂表へもお供され、五月七日に兄の三河守殿の隊列の先頭で自身で首一つを討ち取って、旗本へ差し上げられ、大坂の城の追手へも三河守殿の家老本多伊豆守《ほんだいずのかみ》の一隊と一緒に押詰め、自軍の小旗を一番乗りで城へ入れさせる比類のない働きをし、両御所様も喜ばれた。

この戦の後、姉ヶ崎一万石から、常州下妻三万石に加増移封され、その後信州松代十二万石へ、間もなく、越後高田二十五万石へ加増移封された。

しかし、兄の三河守殿が、乱心のため流罪を仰せ付けられ、越前の本家が断絶になるので、伊予守殿に本家を相続するように、との事で呼ばれた。

登城したら、お目見前に、老中方がいずれも
「三河守殿は重大な法規に触れ、遠国へ流罪を仰せ付けられたが、故中納言殿の事を思われ、今日そなたへ相続を仰せ付けられ、追って直接お話があるだろう。何はともあれおめでたい事である。」

と申したら、伊予守殿が、

「故中納言家を、立てて下さる事については、有難き幸せに思います。しかし、三河守は乱心により法規の通り処置されました。仙千代《せんちよ》という乱心前の息子がいます。私は、色々とお取り立てに預かり、今は高田の城地を拝領しており、この以上の望みはありません。故中納言のためと思し召し下されるのであれば、仙千代に相続を仰せ付け下さるようにお願いします。」

といわれた。老中方は、

「そなたがいわれる事は尤もではありますが、三河守殿はそなたと同族ですが、通常の乱心というだけでなく、厳しくお仕置に処せられた人の跡継なので、公儀の重大な法規もある中、そのようになる事は難しいでしょう。

中納言殿の御家相続というのは、重大な事なので、早速御請け申し上げるのがよいでしょう。仙千代殿の事は、御上も放置出来ない家柄の人なので、今後、何か仰せ付けられるでしょう。」

と申されると、伊予守殿が再び、いわれるには、

「重大な法規で、たとえ、当分は仰せ出が無くとも、仙千代を捨ておく事はないという内意でも聞かない限りは、私が本家相続を御請けするのは難しい事です。」

との事であった。そこで、今日のところは下がられるのも止むを得ないとの事で、伊予守殿が退散したので、世間では、あれこれと尾鰭《おひれ》を付けて噂をしたのである。

間もなく、再び呼ばれ伊予守殿が登城されると、老中方が
「此の間そなたがいわれた仙千代殿について主君にお伝えしたところ、そなたが申す事は尤もだと思っているので、その事については、心配しないように伝えよ、との上意があった。」

と申したので、伊予守殿は、

「有難うございます。」

と申し上げた上で、御前へ呼ばれ、本家相続の事、並びに三人の弟達を呼出し、新しい領地が言い渡されたのである。

1 広島県の東部。
2 松平直政。出羽守、左近衛権少将。江戸時代前期の大名。結城秀康の三男。出雲松江藩初代藩主。一六〇一～一六六六年。
3 松平直基。大和守、侍従。江戸時代前期の大名。結城秀康の五男。播磨姫路藩主。一六〇四～一六四八年。
4 松平直良。但馬守、土佐守、侍従。江戸時代前期の大名。結城秀康の六男。越前大野藩主。一六〇五～一六七八年。
5 江戸時代、知行所を分割相続する事。
6 於八、於勝、於加知の方とも。太田康資の女。徳川家康の側室。一五七八～一六四二年。
7 死後にいう生前の実名。死後に尊んでつけた称号。
8 大小の刀。
9 松平光長。幼名、仙千代。右近衛権中将、越後守。江戸時代前期の大名。越前北庄藩主。松平忠直の長男。一六一六～一七〇七年。

一、問　当時諸大名の中で、革の油単《ゆたん》[1]を掛けた狭箱《はさみばこ》[2]を、持たされた方々が時々見られたが、なかでも越前家の衆中が、残らず革の油単を掛けた狭箱を持たせられているのは何か理由があるのだろうか。そなたは、いかに聞かれているのか。

一、答　筆者が聞いているのは、故中納言殿はもちろん、息子の三河守殿の代も、御三家と同様の狭箱だったようである。

松平伊予守殿は、姉ケ崎の一万石を拝領した時から、越後高田の城主に仰せ付けられた後も、通常の狭箱だけを持たせたが、本家相続以後、全ての事を故中納言殿・三河守殿両人の同じように、挟箱の覆いなども金の葵の御紋を持たせ、参勤の時も御両人と同じように持たせた。

寛永二年（一六二五）、大猷院《たいゆういん》様から御三家同様に、上野国で御鷹場の拝領を仰せ付けられ、江戸在府[3]の間に、楽しむようにとの配慮だった。

その時江戸在留の際は所々の御門番所、又は途中でも人々が御三家と見間違い、歴々[4]方も下馬される方も多かったので、伊予守殿は困り、それから狭箱に紋所が見えないように、革の油単を掛けさせた。しかしこれは別に、公儀の指図では無いので、いつでも、火事、騒動の人出の多い時には、革の油単を外す事になっていた。

この油単の事で、筆者が若年の時に、浅野因幡守《あさのいなばのかみ》殿が、丹羽左京太夫《にわさきょうのだいぶ》殿へ振る舞に参られた夜に帰宅した時、屋敷の中で、膳番所[5]といって近習の侍達が詰めていた所の前を通った時、徒士役の者へ、

「その方の配下の徒士の梶川次郎左衛門《かじかわじろうざえもん》は、私のところに来る前は、松平越前守《まつだいらえちぜんのかみ》[6]のところに出入りしていたというのは、その通りか。」

と申したら、

「いかにも、仰せの通りです。」

との事だったので、

「それでは、次郎左衛門を呼んでもらいたい。」

と頼むと、間もなく、次郎左衛門が参ったので、因幡守殿が、次郎左衛門へ、

「酉の年の大火事の時に、越前守殿は龍ノ口上屋敷[7]から、浅草辺りへ立ち退かれた時、狭箱に掛けてあった皮《革》の油単を、取らせたというのはその通りか。」

とお尋ねになり、次郎左衛門が、

「越前守殿が立ち退いた時は、屋敷の中の所々から燃え上がり、予想以上に急を要しました。

越前守殿は、玄関の式台の上から馬に乗られると、供頭役の者を呼んで、『あの狭箱の油単を、なぜ取らせないのか。このような時にも、油単を取らないならば、覆の金紋も無いと同じだ。急ぎ取るように』といわれましたが、あまりに火急だったので、歩行仲間の者達が寄り集まって、引き破って捨てました。」

と答えた。因幡守殿がそれを聞かれて、桑原定斉《くわはらていさい》という儒学者に向かって、

「あの男の口上で、はっきりした。」

といわれたそうである。

伊予守殿は寛永六年（一六二八）に台徳院様が御病気の時、在国の諸大名方が御機嫌伺いとして、出向くのは無用であると、京都・大坂へも通達されたが、それでも参上する方もいるので、差し止めるようにとの事で、川崎表には、伊奈半左衛門《いなはんざえもん》殿に行かせ、品川御殿までは、目付衆二人を遣わした。

伊予守殿は、御機嫌伺いとして、越前から直ちに下向されたが、川崎の宿で半左衛門殿の手代が参上して、

「当宿から江戸の方へ、大名方が行かれるのは禁止でございます。ここから品川の御殿に居ます目付方へ、使者を立てて御機嫌伺いされるように。」

と申したので、川崎浦より船で江戸浅草の屋敷に到着して、その旨を老中方に報告したところ、主君にも達して、

「すぐに登城するように。」

との仰せだったので登城されたところ、お側近くに呼ばれ、諸人に代わって、御機嫌伺いとして参上したという事で、御満悦の様子で懇意の上意を下された。

伊予守殿以来、今では江戸参勤の時は、船奉行[9]一人・舟子[10]・足軽二十人ずつ連れて供をするようにと家法にある。

1 革製長持などの覆い。
2 手回り品を入れ棒を通して、かつがせた箱。
3 江戸時代、大名及びその家臣が江戸府内に在勤する事。
4 昔からの高い家柄。
5 料理人の番所。
6 松平光通。左近衛権少将、越前守。江戸時代前期の大名。越前福井藩第四代藩主。結城秀康の孫。一六三六～一六七四年。
7 江戸城大手門至近の龍ノ口にあった上屋敷。
8 供回りを取り締まる役。
9 船手頭の事。舟をあやつる人。

10　船頭の事。

一、問　伊予守殿が幼少の時、駿府で権現様の上意で、養子に下された於梶の方という女中はどのような家柄の人で、その後いかになったのであろうか。

一、答　筆者が聞いているのは、以前、北条家の侍に、遠山四郎左衛門《とうやましろうざえもん》[1]という者がおり、北条氏康の代になって丹波守となり、武州江戸の城主に申し付けられた。

この丹波守の息子・隼人正《はやとのすけ》という者は討死をして、他に男子は無く、女子ばかり多くいて、長女は、同国川越の城主・大道寺駿河守政繁《だいどうじするがのかみまさしげ》の妻となり、次女は同国岩槻の城主太田新六郎《おおたしんろくろう》康資《やすすけ》[2]には二人の子供がおり、兄の新六郎重政《しんろくろうしげまさ》[3]、妹は於梶といった。

権現様が関東入国後、於梶を召し出されお側近くで使われていた。京都聚楽の邸宅で於梶の方には、お姫様が生まれたが、五才で早死され、今は、嵯峨の清涼寺に権現様のお姫様として、奉られ御位牌所が建っている。

その後は、子供が無いので、ある時、権現様が於梶の方へ上意されたのは、

「その方には子が無いので、養子を迎えよ。その養子は城内で育った子であるべきで、他で育ったものはならぬ。私の孫の中で一人取るように。」

との上意で、伊予守殿が十一歳になり、虎松殿という名だった頃、駿河へ呼ばれ於梶の方の養子にされたそうである。

その時、権現様が於梶の方へ、

「虎松は、来年は十二歳になるので、江戸表へ向け、将軍の側で成長させるように。」

という上意があった。用事で江戸表から本多佐渡守殿が来られたので、於梶の方殿からの頼みで、佐渡守殿に同道して虎松殿が、江戸表へ到着された。台徳院様に早速、御目見なさり、「後見もその方がするように」と、佐渡守殿へ仰せ付けられ、一万石の領地を下され、時々御城へ呼んでお側に置かれていた。

その後、駿府の城内では、懐妊した女中を於梶の方へ預けられ、

「その方の部屋で安産させて、男でも女でも生まれたら、その方の子として育てるように。」

との上意で、女中を於梶の方の部屋に引き取っておいたら、男子が誕生された。健康に成長され、後に水戸中納言頼房卿《みとちゅうなごんよりふさ》4といわれた。

梶殿は、権現様の御他界後、英勝院と称して江戸表へ下向され、田安の御比丘尼屋敷の中に住まわれていたが、本丸からも懇意にされ、その上、水戸頼房卿が実母同様に扱われていた。

松平伊予守殿にとっても、一度は養母という縁ある方なので、御世話をされ、随分と富貴な

暮らしをされていた。

寛永十九年（一六四二）九月に亡くなり、頼房卿からの計らいで、相州鎌倉の英勝寺で法要が行われたが、その時、仏参として伊予守殿が鎌倉へ行くとお暇願いしたところ、老中方もその訳をあまりご存じでなく、水戸の家へ内密に問い合わせたところ、全てが分かったので早速お暇が出され、伊予守殿も英勝寺へ参詣された。

英勝院殿がお元気で、田安にお入りになった時、水戸頼房卿と松平伊予守殿とが度々一緒に振る舞をされていた。水戸殿は叔父であり、家柄の事もあったので、英勝院殿でお会いする時には、頼房卿は伊予守殿を丁寧に扱い、実の兄弟のように仲睦まじかった。

私は、いつも決まって、御相伴にあずかっていたので、よく見ていました、という事を太田《おおた》道顕《みちあき》[5]が、常に物語っておられた。

1　遠山綱景。戦国時代の武将。武蔵遠山氏。後北条氏の家臣。江戸城城代。一五一三〜一五六四年。
2　太田康資。通称、新六郎。戦国時代から安土桃山時代の武将。一五三一〜一五八一年。
3　太田重正。通称、新六郎。戦国時代から江戸時代前期にかけての武将。康資の子というのは定説ではない。一五六一〜一六一〇年。
4　徳川頼房。権中納言。江戸時代前期の大名。常陸水戸藩初代藩主。徳川家康の第十一子。於梶の方の養子になったのは一六一〇年なので、頼房の出産は事実と相違する。一六〇三〜一六六一年。

5　太田資宗。法号、道顕。備中守。江戸時代前期の大名。遠江浜松藩初代藩主。太田重正の子。英勝居院の養子となり、徳川秀忠に出仕。一六〇〇～一六八〇年。

第四九話

新御番衆はじまりの事

一、問　旗本で、新御番衆[1]というのは、いずれの代で、いつ頃からはじまったのであろうか。

一、答　筆者が聞いているのは、大猷院《たいゆういん》様の代で、寛永のはじめ頃の事だったであろうか、老中方へ

「大奥方の年寄女中をはじめ、その他、重要な役を勤めてる女中の弟・甥の中で、一人ずつ採用してくれるように、との願いが出ていないか。」

と尋ねられた。上意の通りの事を、奥年寄達で願っていたのだろう。

「女中も、昼夜一所懸命に奉公をしている者達の願いなので、採用するの尤もです。」

と、老中方が申し上げたら、

「番入[2]にしてはどうだろうか。」

との上意で、土井《どい》大炊頭《おおいのかみ》殿が、

「大番[3]でも仰せ付けられますか。」

と申し上げれば、

「女中達は、大井川・桑名の渡しなどを殊の外難所のように考えているので、赴任させる必要がある大番への編入を除いて用いるように。」

との上意で老中方はいずれも、即答が出来ずにおられたところ、再び、

「両番[4]の中へ入れてはどうか。」

という上意で、土井大炊頭殿が申し上げるには、

「両番については、いずれも、三河以来、何回もの軍功をした者達の子孫、又は、譜代の大名達の次男・三男を、奉行に差し上げたいとの願いがあるところなので、両御番の中へ入れる事になれば、御書院・御花畑[5]の両組というのは、重要な勤めなので、いかがでございましょうか。」

と、同役中の方を見回せば、残った老中方も、

「土井大炊頭殿が申し上げた通り、私達もそのように思います。」

と申し上げた。

その後、仰せ出られたのは、

「両番入りは、皆が反対のようなので、新番と名付けて別に採用せよ。」

という上意で、それから新御番衆というものが始まった。

その時、老中方が、

「手当て、並びに番頭[5]・組頭[6]は、どのように致しましょう。」

とお伺いすれば、

「手当は、両御番と大御番との中間で、二百五十俵を与える。それに代わり、馬を持つ事は免じる。御番頭は布衣[7]の小姓衆、組頭には平の小姓衆を仰せ付ける。」

との上意であった。

そのような事で、平の新御番にも夜食を下された。

御番所[8]が御座所に近く、御成先の時も御側近くで勤められたので、打ち解けられている様子であられた。両御番衆とのつりあいも勝って見えた。

1　江戸幕府旗本の軍事組織。
2　旗本の部屋住まいの者や、非役の者が採用されて大番・両番に入る事。

3　大番衆。大番役を勤める武士。大番組は、旗本によって編成された、江戸幕府の軍事組織。
4　江戸幕府の職制の一つ。はじめは大番と書院番。後には書院番と小姓組番。書院番は、江戸幕府の旗本の軍事組織。
5　小姓組番の元々の呼び方。大坂の陣頃まで呼ばれていた。
5　大番衆・小姓組・番衆・書院番衆の長。
6　江戸幕府や藩の軍事組織としての組の長。徒組・弓組・鉄砲組などの長。
7　六位以下の者が着る、無紋の狩衣。また、それを着る身分の者。
8　交通の要所に設けて見張った所。

一、問　新番衆の手当てについてお決めになった時、控えめにされたのは、三百表を与えている両御番衆は、皆、馬を持つためにそうしていると聞いている。当時は現在に比べて、米の値段も非常に安かったが、いかにしてそのように馬屋が空く事が無かったのか、まったく合点が行かない事である。

一、答　その事は、前にも申した通り、そういう時代だったからで、それほど不思議な事でも無い。

詳しくいうと、以前は旗本で三百俵取られる身分の低い人の様子を聞くと、衣服は番着物と名付けた絹紬《きぬつむぎ》で作ったもの二、三枚を持ち、普段は、布子綿服[1]を着ていた。屋敷を回り、住居も構い無く、何か肴の一品を求めてそれを汁にして、近所の気心の知れている相番衆[2]へ人を遣わし、飯を食器に入れ、膳や椀を添えてそれぞれの宿元から、持ち寄って会食した。

その会合を名付けて、汁講といって、今時の振る舞と同じであった。

このように物事すべて質素で、無用無益な物のための出費を極力抑え、人馬にさえ事を欠かさねば、という意地を尊ぶのは、権現様の代の三河以来の家風が残っているものである。それを人々が乱世の余風とばかり考えているのは、大きな間違いだと思う。

その理由は、家柄もあるが、結局、乱世・治世に限らず、その家々の武道の盛衰次第と考えられる。

1　綿のわた入れ着。
2　一緒に当番をする人。

第五十話

播州赤穂城、築造の事

一、問　播州赤穂[1]は、昔から城の無い地であったが、寛永年間に浅野《あさの》内匠頭《たくみのかみ》殿が拝領した時に願い出て、自分から今の城を築いたというのを、そなたはいかに聞かれているか。

一、答　内匠頭殿は、はじめ常州の笠間に在城されていたが、播州赤穂へ所替を命じられた時、城も取上げられ、城の無い地へ仰せ付けられた事に困惑し、自分で城を築く事をお願いしたい、という事を、浅野一家の衆中へ内密に相談していたところ、宗家の松平安芸守殿をはじめ、その他一門の人々が皆、

「内匠頭殿の気持ちは尤もではあるが、今そのような願いを出すのは、いかがなものであろうか。御上の心証を悪くするので、暫く見合わせるべきである。」

との意見で、事が進まなかった。そこで内匠頭は、譜代の仲間で懇意にしている水野《みずの》監物《けんもつ》[2]殿

へ、このお願い事を取り次いで下さるように頼んだ。

しかし、監物殿がいわれるには、

「お願いの趣旨は分かりましたが、御一家中へまずは相談されるべきでしょう。」

との事で、内匠頭殿は、

「仰るまでも無く、一家の者達へも相談しましたが、当分は差し控えるべきであると、皆がいうため事が進まず、仕方なくそなたへお頼みするのです。自分の費用により築城したいと願い上げても、御取上げ無いのであれば、覚悟を決めておりますので、是非頼みたい。」

と他に術がない申し出だったので、監物殿はそれならばといって、御用番の老中方へ参り、その事を伝えられたら、数日経って御用番が、監物殿を呼んで、

「先日話された内匠頭の新城築造の事は、同役たちと相談して主君のお耳に入れたが、赤穂には城は必要無いので仰せ付け出来ない、との事であった。その旨を内匠頭へ伝えるように。」

といわれた。

監物殿は聞かれて、

「それならば、今晩か明朝にも、内匠頭を同道して参りますので、この上意の内容をあなたから直接、お話しなさるのがよいでしょう。」

といえば、

「一般に何事でも、取次衆[3]から聞いた事は、その取次の方まで、返答するものなので、作法通り上意の趣旨は、そなたからお伝えするのが当然である。」

そこで、監物殿が、

「作法通りという事ならば、あれこれ申し上げる事もありません。これから内匠頭のところへ参って伝えます。その結果は、内匠頭はいうまでもなく、私も皆様へお目に掛って御暇乞えするのも止むを得ないでしょう。」

といって、退出されるのを、押し止められ、

「そなたの物言いは、不届きな事です。詳しくお聞かせください。」

といえば、

「その事は、ご勘弁ください。私から申し上げるまでも無い事です。」

と監物殿が申されると、

「そなたの言い分は、内匠頭はいうまでも無く、自分も共に暇乞いといわれる事は、聞き捨てなりません。そこを詳しく話して下さい。」

との事なので、監物殿が、

「このような事は、申すまでも無い事ですが、お尋ねなので申し上げます。今、内匠頭が居る笠間の城地は、権現様から、浅野《あさの》弾正《だんじょう》長政《ながまさ》へ隠居料との上意で下されました。その子の采女正《うねめのかみ》[4]から内匠頭まで、三代続いた城地を取上げられ別人に下され、内匠頭を、無城地に遣わされました。しかしこれも仕方無い巡り合わせと思い、自分で普請して城を築きたいとお願い申し上げたのを、これも許可していただけなかったとあっては、内匠頭は城主の器に当らない者という御上のお考えだろうかと、世間の噂になるのは、間違いありません。そのようになれば、自分の面目が立たない。領地をお返しして武士を辞める他は無いと、深く覚悟を決めての上で、この度のお願いに及んだのです。私がいたらず、内匠頭の考えは尤もだと思い、おしとどめ我慢する事なく軽率に取り次いでしまったのに、内匠頭一人の身上を終わらせるのを見物していては、世間への言い分も立ちません。第一、浅野一家の人々の手前もあれば、そのままにする事は出来ない。私の岡崎の城地を返上し、内匠頭と手を取り合って高野山へ上がり、武士を捨てざるを得ないと覚悟を決めています。」

と申し上げると、

「よく分かりました。先程お伝えした内匠頭殿への口上は、今のところ差し控えて下さい。そのうちにこちらから連絡します。」

との事で、監物殿は帰宅された。

その後、老中から監物殿へ奉書で連絡があり、明け四つ時に御用があるので、浅野内匠頭殿を同道して登城するようにとの事で、両人が登城すれば、老中方の列席の中で、

「この度、拝領仰せ付けられた播州赤穂の地で、新城を築く事を、聞き届けられ、願い通り仰せ付けられた。しかし、あの地の城は特に公儀で必要では無いので、拝借という事では仰せ付けられない。手前普請の事であれば、自由に築城するように。」

と言い渡された。さらに、

「新城の築造が済むまでは、公儀の普請の手伝いについては、容赦するとの申し渡しがあった。」

との上意であった。

右のお礼のため、内匠頭殿が、老中方を回られた時、月番の老中方の門前で、監物殿が内匠頭殿へ、

「そなたは、老中方を残らず回ると思うが、他の老中方へは、私は同道する必要はないだろう。先ずは悦ばしい事である。」

といえば、内匠頭殿が申すには、

「この度はひとえに、そなたのお陰とかたじけなく思っています。老中方へ回わり次第すぐに、御礼に伺います。」

といわれた。監物殿は、

「必ずしも、私への礼状などは必要ありません。老中方を回り、小幡勘兵衛《おばたかんべえ》5方へ行かれ、赤穂の新城の縄張の相談を頼まれるとよいでしょう。善は急げといいます。」

と申されたと、内匠頭殿の家来・井口与三兵衛《いぐちよそべえ》という者が物語った。

1 現在の兵庫県南西部，播磨灘に面する。
2 水野忠善。大監物。江戸時代前期の大名。三河岡崎藩初代藩主。一六一二〜一六七六年。
3 御用取次衆。将軍に近侍して、将軍と老中その他との用務取次を行う。
4 浅野長重。采女正。安土桃山時代から江戸時代前期の大名。常陸笠間藩主。浅野長政の三男。一五八八〜一六三二年。
5 小幡景憲。別名、勘兵衛。江戸時代の兵学者。一五七二〜一六六三年。

第五一話

安藤右京亮宅へ松平伊豆守来訪の事

一、問　安藤右京亮《あんどううきょうのすけ》[1]殿が、寺社奉行[2]であった時、ある朝、老中の松平伊豆守《まつだいらいずのかみ》殿が、予定外の時間に御見回われて書院へ通られたので、右京亮殿の家来が、大いに慌てたという話についていかに聞かれてたか。

一、答　その事を筆者が聞いているのは、その日の朝、右京亮殿は、小姓を呼んで松平《まつだいら》出雲守《いずものかみ》[3]へ手紙を持たせ

「少し私宅でお話したい事がありますので、後ほど、登城のついでにお立寄り下さい。」

と、遣わした。その使いの者は帰ってきたが、手紙の返事が無く、口答で手紙の件は承知したので、後ほど伺います、との事で同役の出雲守殿は来られ無く、松平伊豆守殿が、お出になり、

「右京亮殿は未だ在宅か。」

といわれ、すぐに書院へ向かわれたので、家来達が大いに狼狽え、右京亮殿も不審に思い、裃をやっと着て出られ、

「これは思い掛けなくお出で下さいました。」

といえば、伊豆守殿は、

「時間を間違え少し早く出て来たので、ここで時間を調整しようと思い立ち寄った。」

との事で、菓子だの、お茶だの、といっているうちに、伊豆守殿は小姓を呼び、

「ここの家老中へ会いたい。」

といわれたので、加茂下《かもした》内記という家老が出てきた。伊豆守殿がいわれるには、

「我が今朝ここへ参ったのには理由があり、その方達へ頼みたい事がある。今朝、右京亮殿から、登城の時に立寄るようにとの手紙を預かった。表書きは、松平伊豆守殿となっていたが、明らかに松平出雲守へ差し出された手紙で、表書きの書き間違いかと思ったので、了承したと口答で返答した。右京亮殿が登城されて、出雲守へお会いになれば、すぐに分かってしまう事なので、手配をした者や、手紙を書いた者たちが、右京亮殿に叱られるのは明らかである。松平出雲守と松平伊豆守とは、ただの一字違いなので、そのような聞き間違えや取り違えなどは、

忙しい時は仕方がない。その事をいうだけのために参った。今回の件に関わった者達が右京亮殿に叱られ無いように、その方達に頼んでおく、それでももしお叱りがあれば、その方達へ我が申すべき事があると。」

と申されたので、内記は、

「謹んで承りました。関係する者に申し伝えますが、実にかたじけなく存じます。」

と申した。

右京亮殿も、かたじけないと思って一礼してると、四つ時を打ったので、伊豆守殿は右京亮殿と同道で登城した。

1　安藤重長。伊勢守、右京亮。江戸前期の大名、寺社奉行、上野高崎藩主。一六〇〇～一六五七年。

2　寺社に関する人事・雑務・訴訟の事をつかさどった職。

3　松平勝隆。出雲守。江戸前期の大名、寺社奉行、上総佐貫藩主。一五八九～一六六六年。

第五二話

岡本玄治法印新知拝領の事

一、問　家光《いえみつ》将軍様が、大変重いご病気に罹られたのは、いつ頃の事と聞かれているか。

一、答　筆者が、聞いているのは寛永十年（一六三三）と寛永十四年（一六三七）の二度、重いご病気になられたとの事で、特に二度目のご病気は、危篤状態で医者衆の誰もがご回復はないのではないかと申されたので、御三家も気遣っておられた。以前ご病気された時、岡本《おかもと》玄治法印《げんやー》の薬で快然されたので、今度も玄治の薬を飲もうとの上意であったが、玄治が、

「以前のご病気とは違い、この度は、大変重い状態でおられるので、私としては薬は差し上げられません。」

とお断り申し上げたが、

「その方の薬をお飲みになりたいと仰っております。さらに、医者一同も、皆、さじを投げて

いるので辞退するには及ばない、と御三家方も仰っている。」

と老中方がいわれるので、玄治は薬を調合し差し上げたところ、その薬を飲まれ、すぐに、

「よくなった。」

との上意であった。

以後、次第に回復されたので、玄治は、それまで五十人扶持だったが、領地千石の拝領を仰せ付けられた。

1　岡本玄治。江戸時代前期の医者。三代将軍家光の侍医としてその名を知られる江戸初期の名医。一五八七～一六四五年。

第五三話

楠由井正雪の事

一、問　以前、由井正雪《ゆいしょうせつ》[1]という浪人者が、反乱を企てたところ、告訴した者がいて露見し、一味がことごとくお仕置になったが、この一件はいかような次第であったのだろうか。

一、答　その事件は、大猷院《たいゆういん》様が御他界になった年と記憶している。筆者が、若年の時であった。

正雪は、仲間たちに、細かく説明して、自身は駿府へ行き、梅屋町とかいう所に忍んでいて、種々の悪巧みをしているうちに、江戸にて訴える者があり、駒井右京《こまいうきょう》[2]殿を駿府へ遣わし、町奉行の落合小平次《おちあいこへいじ》殿と打ち合わせ、

「正雪は、なんとしても生け捕りにして、江戸へ引き連れたい。」

といったが、正雪並びに、その仲間達は残らず旅宿に閉じ籠もって、自害して果てた。

その時、江戸では、丸橋忠弥《まるばしちゅうや》という浪人が召し捕られ、数日の審議の上、品川表で一味が残らず磔、又は、打首の刑になった。

右の罪人達が引き回された時、筆者も、井《い》伊《い》掃部頭《かもんのかみ》直孝《なおたか》殿の屋敷の前で見物していた。丸橋は先頭で、その後に次々と続き、妻子も引き回され、なかには幼児もいて、縄を結んで首に掛けさせ、手には風車・人形を持たせて穢多達に抱かれ、母親の乗った馬の脇に付き添っていた。

外桜田御門外の、今の馬だまり[3]になっている所は、当時は上杉殿の向う屋敷があり、その門前まで、丸橋忠弥の馬の前にある幟が来ているのに最後尾の紙幟[4]は未だ、麹町の土橋辺りに見える程に長い列で、前代未聞であると、見物していた人々が申していた。

1　由井正雪。江戸時代前期の軍学者。楠流軍学者門人・五千人といわれる者と倒幕を企てる。一六〇五～一六五一年。
2　駒井親昌。通称、右京。江戸時代前期の武士、新番頭。一六一二～一六七七年。
3　城門の内外に、多くの馬を、立て並べるために設けた空地。
4　罪人を市中に引き回すときや処刑するとき、罪状を書き記して立てた紙ののぼり。

一、問　この正雪という者は、名字を楠木と名乗り、先祖は楠木判官正成《くすのきはんがんまさしげ》[1]から由来しているとの事で、門弟を集め兵学の指南を致し、その頃世間では、広く人にも知られていた者のようである。その人となりについてはどのように聞かれているか。

一、答　筆者が聞いているのは、楠木正成の正統といわれている事は全て作り事で、元来は、駿河国の由井という所の、染物屋の息子というのが事実である。幼少の頃から、同国の清見寺へ出され、学問をさせた後は、出家させようと親達は考えていたようだが、自身は出家を嫌い、江戸へ下り、転々と回わり、牛込辺りに住んでいるうちに、次第に訳あって生計もよくなり、浪人を支援して、下町辺りに、楠木正成の楠木流であるという一巻の書と名付けた家伝の巻物を、所持しているといいふれていた。

年取った孤独の浪人者がいたが、彼らに正雪は親しく接し、朝夕の食事の世話もしたのでますます親密になり、しまいには、父子の契約を行い、近所の者達へもお広めをした。そのうちに、例の浪人者が病気になり亡くなった時も、喪に服し、葬儀も懇ろに行った。

それ以降は、楠木正雪と名乗って、楠木流の師と号して書物を編み出して、門弟を集め指南をし、世間と広く付き合って、知人も多くなった。

現に自身も利発であったので、人々に才智がある者のように思わせていたが、結局、武士道の本意を間違え、正義・正法の本道を理解しなかったため、大罪不道の反乱を企て、自分の身を滅ぼすだけでなく、多くの人を失い死んでいった。

この悪党達の仕置が済んだ後、江戸で急いで火薬の置き場の調査があり、駿河の久野御宮付[2]として、榊原越中守《さかきばらえっちゅうのかみ》[3]殿へ、新たに与力[4]・同心を預けられた。

1　楠木正成。鎌倉時代末期から南北朝時代にかけての武将。建武の中興の功績者。一二九四〜一三三六年。
2　久能山東照宮。晩年を駿府で過ごした徳川家康が死去した後、遺命によってこの地に埋葬された。
3　榊原照清。越中守。江戸時代前期の武士、旗本。久能山守衛総御門番を務める。照清の屋敷があったので、その地が越中島となった。
4　江戸時代、奉行・所司代・城代・大番頭・書院番頭などに属し、同心を指導して補佐した。

第五四話

酉の年の大火事の事

一、問　江戸での大火事というのは、昔は稀であったというのは、その通りであろうか。

一、答　大分前に、桶町から出火し新橋までの町並みが焼けた事があったようである。関東御入国以後、江戸ではじめての大火事だったので、その時、在国にいた諸大名方は、いずれも御機嫌伺いをした。

是を桶町の火事といって、筆者が若年の頃までは大変話題になっていた。ところが明暦三年（一六五七）の酉の年になって、江戸ではじめての大火事[1]があり、武家屋敷・町屋敷が残らず類焼した。

1　明暦の大火。明暦三年（一六五七）に発生し、被害は町数四百町、死者十万八千人ともいわれている。俗に振袖火事と称された。

一、問　酉の年の大火事は、今から七十年余りも過ぎているので、しっかりと覚えている人も少なくなった、詳しく聞きたい。

一、答　大火事の時、筆者は十九歳だったので、大体覚えている。

正月十八、十九日の両日に大火があった。まず十八日の朝食後の頃から、北風が強くなって、土ぼこりが吹き立ち、五、六間先が何も見えない程だった。

その時、本郷の外れの本妙寺という法華寺から出火し、本郷御弓町・本郷湯島・旅籠町・鎌倉河岸・浅草御門の中の町屋が残らず焼失したが、外桜田辺りの筆者が住んでいた近所では、誰もその事を知らなかった。

というのは、前に述べた土ぼこりのために火事の出先が見えなかったためで、下町から逃げて来る者から聞いて、はじめて知ったという状況であった。

火は霊巌島・佃島を境に通町筋を海端まで焼失し、夜半過ぎになってようやく鎮まった。

しかし、翌十九日も北風が強く、焼場の灰が混ざって、土ぼこりが舞い上がったので、人々が心配していたところ、小石川から出火して、大火になった。砂ぼこりで先が見えず、はじめはよく分からなかったが、牛込御門内へ焼き入って、それから田安御門内の大名屋敷が残らず類焼し、竹橋御門内の堀端にある紀伊大納言《きいだいなごん》[1]殿・水戸中納言《みとちゅうなごん》殿の大屋敷も一度に焼失した。

その火が本丸へ移り、金の鯱が上がっている五重の天守へも燃え移り、それから次々と燃え広がり、本丸内の御殿も残らず焼失して、火はさらに大手先へ移り神田橋・常磐橋・呉服橋・数寄屋橋の御門や矢倉も残らず焼け、西は、八重洲河岸を境に焼け続けた。その日の八つ時過ぎに、再び六番町辺りから出火して、半蔵御門外の松平越後守《まつだいらえちごのかみ》殿の屋敷へ移り、山王の社・井伊掃部頭《いいかもんのかみ》殿の屋敷をはじめ霞ヶ関辺り・桜田近辺の大名屋敷を焼失した。更に、虎ノ門・愛宕下の増上寺門前から、芝札の辻辺りの海手まで焼けた。

江戸中では、西の丸・和田倉・馬場先・外桜田御門内だけが焼け残ったようであった。

それ以後も、江戸の火事は度々あったが、その時は、風も吹いたが、この酉の年の大火の時のような風では無かった。それは一、二畳ほどの大きさの火がついた屋根の柿葺を吹き飛ばすほどだった。

1　徳川頼宣。大納言。江戸時代初期の大名、御三家紀州藩初代藩主。家康の十子。一六〇二〜一六七一年。

一、問　この大火の時は、御城でさえ類焼した程の事なので、公儀又はその他でも、様々に変わった事もあったと思うが、何か聞かれているだろうか。

一、答　知っての通り大変な時でもあり、広い江戸であれば、間違いなく色々と変わった事もあったと思うが、筆者もその時は若年でもあり、その上、取り込んでいた時なので、詳しくは知り様も無いが、しかしその際、世間で見た事を少し話そう。

正月十九日の四つ時頃になり、小石川から出火して、大いに燃え広がり田安御門内の大名屋敷へ火が移った時、松平伊豆守信綱《まつだいらいずのかみのぶつな》殿は、留守居衆を呼び、

「この風向きでは、御城も非常に心配である。従って、公方様も立ち退かれる方がよいので、まずは女中衆は、上下共に早々に西の丸の方へ立ち退かせるのがよい。上の方の女中は、表向きの道筋に詳しくないので、通り道に畳を一畳ずつ裏返しにしておき、それを頼りに出られるように。」

と指示を出され、その通りにしたので、多くの女中方は、道に迷う事無く皆が無事に立ち退いたという事である。

公方様も、いよ〳〵立ち退かれた事となった。前もって徒目付衆の一人が百人組の番所行き、「老中方の指図で、此の番所も恐らく火の粉が飛んで来るだろうから、組の同心衆へ命じて、極力防ぐように。」

といったが、その日は、横田次郎兵衛《よこたじろべえ》殿が当番で、番所の前に居たので、これを聞かれ、そ

の徒目付衆に向かって、

「この両日の大火はただ事ではないと思い、私は組の同心達に、預かっていた鉄砲に火縄を掛けさせ、あのように門を固めているので、火の粉を払わせる者は居ないので、そのような事は出来ない。」

といわれた。徒目付衆が聞かれ、

「これは松平伊豆守殿の御指図である。」

というと、横田殿が聞かれ、

「老中をなされている方が、そのような馬鹿な事を申されてよいものであろうか。伊豆守殿の事はさて置き、たとえ上意であったにせよ、この次郎兵衛、そのような事は出来ない。」

と申したので、徒目付衆も機嫌が悪くなり、帰って横田殿がいった通りに、そのまゝ上申すれば、側に阿部豊後守忠秋《あべぶんごのかみただあき》殿が居合わせ、

「当番は誰であったか。」

と申されたので、

「当番の横田次郎兵衛殿と会い、このような言い分でした。」

と答えれば、豊後守殿が聞かれて、

「次郎兵衛ならば、そういうであろう。」

と、お笑いになった。

その後、次郎兵衛殿は、組の与力衆に向かい、

「この中で、本丸の屋形内の配置を知っている者はいないか」

と尋ねた時、誰もが「玄関から奥向きの事は知らない」といえば、

「その申し訳は、後にしてくれ。誰でもよいが二人で本丸へ入り、座敷の中、何処かしこ参られ、御老中方を見掛け次第、伝えて欲しい。『次郎兵衛は、公方様が間もなく、西の丸へ参られるとの事であったので、自分は、大手[2]の番であるが、久世《くぜ》三四郎《さんしろう》[3]組の者を連れて下乗橋まで詰めておりますので、大手門の事は、三四郎へ授け、蓮池の御門へ加番[4]に行き、御成先を固めてはいかがでしょうか。』とお伺いをたてるように。」

といわれ、与力衆二人が本丸へ参った。丁度その時、上様が西の丸へ参られるとの事で、老中方も玄関前に居られたので、その趣旨を、伊豆守殿へ申し上げたところ、

「それはよい事に気付いた。出来るだけそのようにするのがよい。」

と申したので、横田殿は御番所を三四郎殿へ授け、蓮池御門へ詰めたら、間もなく公方様が移られる時、伊豆守殿が、

「横田次郎兵衛殿は、大手の御番でありますが、西の丸へ行かれるので、御番所は久世三四郎へ授け、ここに詰めております。」

と報告すると、公方様はすぐにお言葉を掛けられたそうである。

一つ、浅野因幡守《あさのいなばのかみ》殿の屋敷は霞ヶ関で、今の松平安芸守《まつだいらあきのかみ》の向屋敷であったが、火事の時には玄関へ出られ、家中の侍達も出て一緒に詰めていたところ、留守居役の者へ、

「この度の大火といい、その上、本丸が類焼した事であれば、御機嫌伺いをしたいが、このような時なので、誰かに問い合わせをする事も出来ない。どうしたものだろうか。」

といえば、留守居役の者が、

「譜代の大名方は、間違いなく御機嫌伺いをされるであろうが、外様の大名衆はいかがなものでしょうか。」

と申したら、御用人共も、

「外様の大名方はこのような時は、最終的に差し控えた方がよいのでは。」

といえば、因幡守殿が、

「何もはっきりとは分からない事なので、同じ外様といっても、浅野の家は譜代も同様である。しかしながら、外様者の身で余計な差し出がましい事をしたとあって、後日、御咎めがあれば、

それは仕方無い事である。本丸の類焼で、公方様もどこにも行かないという事は無く、ご安否をお伺いしない理由はない。」

といわれて出て行かれ、式台の前へ馬を引かせてきて乗出した。

その場に居合わせた侍達が、残らず供をする様子を馬上から見られて、

「振袖の小姓[5]は全員残るように。」

と申されたので、子供は残ったが、その他大勢の供回りで、外桜田御門へと馬を速められたところ、先頭の徒士が走って帰ってきて、

「あそこに見えますのは、井伊《いい》掃部頭《かもんのかみ》直孝《なおたか》様であります。」

と告げたので、

「それならば、供の者はすべて堀端へ整頓して、平伏するように。」

と申し付けているうちに、間近になり、掃部頭殿は、渋手拭[6]の鉢巻をして供の侍十人ばかりを馬の側にお連れになって、因幡守殿へ向かって、

「今回は、大変な大火であるが、そなたはどちらへ行かれるのですか。」

といったので、因幡守殿は、

「本丸が類焼と聞いたので、御機嫌伺いをしたいと参りました。」

と返答されたところ、掃部頭殿が聞かれて、

「大変ご尤もな事である。御城内の御殿は、残らず類焼しましたが、公方様は一段と御機嫌よく西の丸へ行かれ、安泰です。そなたは、外桜田御門まで行かれるのがよいでしょう。本御番は相馬長州《そうまちょうしゅう》[7]で、岡野権左衛門《おかのごんぜもん》[8]が加えられて、詰めて居るので、権左衛門に御機嫌を伺われるのがよい。権左の組の与力・同心達は土橋へ出向いており、曲輪内へは人を通さない筈ですが、掃部頭へ断ったといい、供の者を門外に残され、護衛の者だけ引き連れて行けば通る事が出来ます。」

といって、自分の屋敷の方へ帰られた。因幡守殿は外桜田御門番所へ参られ、権左衛門殿へ御機嫌を伺って帰宅し、玄関でこの次第を御用人共と雑談していたところ、表門の屋根の上に居た、足軽達が声を上げ、

「番町辺りから出火しているようです。」

と叫んでいるのを、因幡守殿が聞かれ、

「この風で、番町辺りの出火というのは心配である。よく見るように。」

といわれると、間もなく、

「松平越後守様の屋敷へ燃え移りました。」

と告げたので、

「それでは、この辺りにも火が来るに違いない。家中は皆、立ち退くように。」

と、因幡守殿自身も世話を焼かれているところに、また屋根の上から、

「井伊掃部頭様の台所が燃え上がっています。」

と叫んだので、

「これはもう、隣りの家だ。」

といって、それから大騒ぎになり、因幡守殿も立ち退かれ、家中の者達も久保町の方へ避難したところ、虎の御門の枡形[9]内が大いに混み合い、侍分[10]達も怪我をして、小人・中間[11]供など中には死者が七、八人いた。

因幡守殿も落馬されたが、大した事も無く枡形の中を通り抜けた。

一つ、阿部豊後守殿の御用人で、高松《たかまつ》左兵衛《さへえ》という者が、その日、外桜田御門へ参り、岡野権左衛門殿へ、

「もし、御城回りが出火したのならば、麻布の下屋敷に居る家来達が、皆、駆け付けるようにと、豊後守が前もって言い置いていたので侍達が次々とやって来ます。今日はこの御門から中

へは、通行出来ないので、私は、ここに居て一人一人を調べて通すので、そのように心得て下さい。」

と申して、御門外の土橋に出向き、権左衛門殿の与力達へ話し、自身は人を調べ残らず通した。

「御番所来る豊後守の家来達は、大方来ましたので、私は上屋敷へ参ります。これ以降、豊後守の家来であると断る者がいても、一人も通す必要はございません。」

といわれ、自身も上屋敷へ行かれた。

一つ、正月十九日の夕方になり、西の丸では、保科肥後守正之《ほしなひごのかみまさゆき》殿が、松平伊豆守信綱殿へ、

「今日の大火で、御三家方をはじめ、千代姫《ちよひめ》[12]様・両典厩《てんきゅう》[13]様方の安否について聞かれていますか。」

と申すと、伊豆守殿は、

「今日の取り込みで、そのような事までは、まだ手が回っていません。」

との事で、肥後守殿は再び申されるには、

「公方様が昼前、西の丸へ入られ、落ち着かれて別条も無かったので、すぐにでも御前からお

尋ねが来るかもしれません。その時にどのように報告しますか。早々に状況を聞いて確かめておくように。」

といえば、伊豆守殿も、

「たしかに、仰る通りです。」

と、それから徒士衆を二人ずつ、方々に遣わした。その時、一座の人々が、肥後守殿へ、

「今日の火事では、そなたの築地の屋敷も、きっと類焼されたであろう。御家族は皆、無事に立ち退かれたか、知らせを聞かれているか。」

といわれると、

「いかにもご推量の通り、きっと私の屋敷も類焼したでしょう。しかし、今そなたが聞かれた通り、御三家方・両典厩様方の安否さえ、分からない状況なので、この肥後守の妻子達の事は成るように成るしかございません。」

と申した。

一つ、正月二十四日は、上様が毎年増上寺へ御成りなされるけれど、この大火事のため、御成りは中止になった。名代として保科肥後守殿が参られ、帰宅の途中、京橋へ回り、十八、

十九日の両日に焼死した者達の死体を一ヶ所に集め、山のように積まれていたのを見届けられた。供の侍をお呼びになり、

「浅草橋御門外にも焼死者の死体を積んであるとの事である。この死体の量と較べて、いずれが多いか見分して帰るように。」

と申し付け帰宅された。その者が繰り返し見分したところ、

「浅草橋御門外の死体は、京橋にある死体の三分の一程でございました。」

と申したので、肥後守はその事を登城された掃部頭殿並びに、各老中方へ、

「私は、増上寺へ代参を勤め、帰宅の途中、京橋へ参り、この度の焼死者を見分し、浅草橋へは家来を遣わして見てこさせたところ、京橋にあった死体の三分の一程であったと申していました。このほか川筋や堀に流れて浮いている死体は、数限りなかった。公方様が江戸におられる事で、天下の万民が集まり、この度の大変事に遭い焼死したというのは、哀れむ事である。その上、数万人の中には、どのような者が居たか分からないまま、残らず外海へ流してしまうというのは、いかがであろうか。願う事なら公儀から仰せ付けで、所々にある死体を一ヶ所に集め、埋葬するようにしたいものである。」

といわれた。掃部頭殿、その他の老中方も異議がなかったので、町奉行衆へ指示され、穢多《えた》

弾左衛門《だんざえもん》・車善七《くるまぜんしち》[14]の手下の者達の役目とし、その者達へ公儀から船と費用を下されたので、七日の間に、方々にあった焼死者の死体に限らず、牛・馬・犬・猫の死体までも残らず一ヶ所へ集め埋葬した。

その後、寺社奉行へ仰せ付け、常念仏堂の建立を仰せ付けた。今の無縁寺[15]である。

一つ、大火の時、御城をはじめ、諸大名の屋敷・寺社・町屋共に、一様に類焼したので、全ての普請が、一遍にはじまると考え、江戸中の材木屋達が申し合わせ、焼け残った材木を蓄えて置き、地方から運送して来た材木までも残らず買い占めたので、材木の値段が予想以上の高値になった。その為、御城の普請は、三年の間延期され、必要な材木は、山林のものを指示され、建築がはじまっても、商人からは一本も買わないとあって、

「諸大名方の屋敷作りも、急ぐ事は無い。各々の都合に合わせるように。」

との事だった。

松平伊豆守殿が、一ツ橋の上屋敷の普請の材木も、川越の知行所から、杉丸太を切り取って利用する事を伝え聞いた諸大名方をはじめ、小身の衆中に至るまで、残らず知行所へ材木を取り寄せたので、江戸中の材木の値段が予想以上に下がり、普請も楽に出来るようになり、町方

は間もなく建ち揃った。

井伊掃部頭殿は、世田谷の知行所へ行かれ、雑木の丸太・竹・縄を取り寄せ、六尺余りの高さに屋敷の外回りを囲われ、塀の雨覆いを丸太の隅木にして、外周りの総長屋が建ち揃うまでは、その塀囲いにして置いたので、これを手本にして、江戸中の諸大名の、屋敷の外囲いも簡単なものにせざるを得なかった。

一つ、十九日、本丸の類焼の時、旗本、諸役人衆中の中には、よい働きの者もあり、又は、出来が悪い者もいたので、今後の事もあり、調査の上で、善悪の評価が発表されるのではと、専ら噂されたので、人によっては予想以上に気にする者がいた。

その審議の時、保科肥後守が、

「今後のためとしては尤もであるが、私は、教えずに罰するのも道理のように思う。理由は天正年間（一五七三〜一五九一）に、権現様が入国されて以後七十年に及ぶが、これまで江戸で、この度のような大火は無く、よって大火の時は、どのように勤めるといった定法は、ぞんざいだったように思う。従って、この度の事はそのまゝにして、今後、大火の時の定法を急いで御命じなされるようにしてほしい。」

と申されたので、詮議をしない事となった。

以上、色々と話したのは、公儀に関した事なので、真実かどうかは分からないが、当時の風説を紹介した。

1 政務を執る所。
2 城の表門。
3 久世広当。通称、三四郎。江戸幕府旗本寄合。鉄砲百人組頭。一五九八～一六六〇年。
4 定番を加勢して、城を警衛する役。定番とは、一定期間、交代せずに駐在して、警衛する。
5 元服前に振袖を着た小冠者。
6 渋柿で染めた手拭。
7 相馬忠胤。長門守。江戸時代前期の大名、陸奥相馬中村藩第三代藩主。一六三七～一六七三年。
8 岡野英明。江戸時代前期の武士。一五九九～一六六三年。
9 城の一の門と二の門との間にある方形の広場。
10 侍の身分をした者。
11 共に武家奉公人。非武士身分で主に雑用を行った。
12 千代姫。徳川家光の子。尾張徳川光友の正室。一六三七～一六九八年。
13 馬寮の長官を務める官職で、左馬頭・右馬頭。この場合は、左近衛権中将左馬頭の徳川綱重。右近衛権中将右馬頭の徳川綱吉。
14 江戸時代の江戸浅草の非人頭が代々世襲した名前。

15　現在の東京都墨田区両国にある無縁寺回向院。

第五五話

保科中将殿の事

一、問　保科肥後守正之《ほしなひごのかみまさゆき》殿と申される方は、中将正之ともいわれ、台徳院《たいとくいん》様のお子様であるのは間違いないが、異母兄弟なので、御台様の面目を思われ、親元で穏やかに誕生した事もあり、世間に知られないようにした。

もう一説には、母が、肥後守殿を懐妊の内に、保科肥後守正光《ほしなひごのかみまさみつ》という方へ再婚されたので、中将殿は、信州高遠の城中で、出生されたとの噂である。この両説は明確ではないが、そなたはどのように聞かれているか。

一、答　故保科中将正之という方は、秀忠《ひでただ》将軍様の子息という事は間違いない。そなたが申す通り、御台様は度量が大きくはなく、嫉妬深かったので、中将殿が出生し、成長の次第が予想以上に穏やかだと聞こえたので、世間では詳しく知っている者は、ほとんどいなかった。

筆者は、ある理由があってよく聞いていた。

中将殿の母は、後に浄光院《じょうこういん》[2]殿といわれた方である。

小田原没落後、北条家の侍達を、多く召し抱えた。北条氏直《ほうじょううじなお》の近侍で神尾伊予栄加《かみおいよさねよし》という者がいて、神尾も奉公願いの帳面に記載したが呼出しが無く、浪人で居た時に、一人の娘を持った。

その頃、井上主計頭《いのうえかずえのかみ》[3]殿の母は世間では大姥《おおうば》[4]様といわれ、台徳院様へお乳を上げられた方であり、主計頭殿の母でもあるので、公儀でも大切にされた。世の中の役にも立ち、常に御城に居住していたが、後に神尾の一人娘を預かっていた。

そのような経緯もあり、中将殿を懐妊し月も重くなったので、親元へ下り慶長十六年（一六一一）五月七日に出産した。

若様の事なので、御台様の手前ことさら恐れ入り、神尾一家の者達が申し合わせ、過分に分からぬように養育された。次第に成長し三歳になって一人歩きをされ、神田白銀町の町屋なので、近所では、

「天下の若君様なので、神仏の加護のために抱き上げてみたい。」

などといい、色々な玩具を与える事がよいとされた。

突然、家から出てくると、追いかけて噂は広がる一方なので、もしも、御台様へこの件が聞こえたならば、大変な事になってしまうと考え、何はともあれ、この町には居られないようになったので、神尾家の者達が相談した。

三才の三月二日に、都合よく主計頭殿宅へ大姥様が帰ってきたのを聞き合わせ、御母上は、主計頭殿の奥向[5]へ、日々取次いで貰っているので、大姥様の居られる所へ直にお連れしたので、大姥様も予想以上に喜んだ。

主計頭殿を呼んで、早速手を清めて抱き上げてさせ、入念に大姥様と相談された。

その日登城の上、様子を見て土井《どい》大炊頭《おおいのかみ》利勝《としかつ》殿と同道で、御城から直に田安のお比丘屋敷におられた、見性院《けんしょういん》[6]様方へ行かれた。

この方は、穴山梅雪《あなやまばいせつ》[7]の未亡人で、武田信玄《たけだしんげん》[8]のご息女であり、権現様の代から懇ろにされ、武蔵国の大真木という所で、知行六百石を下された。

見性院様方へ御二人が行かれた事で内意があり、翌三日に、主計頭殿宅から田安へ引越され、当分は武田幸松《たけだゆきまつ》と名乗って、見性院様の養子となった。

その年の五月節句の幟などにも、

「上には、葵の御紋、下には武田菱を付けるように。」

と、見性院様が指図された。

その頃、御家へ召し抱えられた甲州衆が多くいて、皆、見性院様へご機嫌伺いに参った。中でも、保科肥後守正光と申された方は、特に見性院様を大切にしたので、ある時、見性院様が肥後守殿に、

「おそらくそなたは聞かれていると思うが、この邸に大切なお方を三、四年前から預かっていて元気に成長されているが、高きも卑しきも武士の子の七歳からの育て方は大切です。私達女の中に置かれていては、育て方もいかがかと苦労しているので、貴殿の方で預かってもらえないだろうか。武士の道も心得るようにしたい。」

といえば、肥後守殿が、

「たしかに簡単な事ではあるが、大事な若様の事なので、貴方の方から頼んでもらえないだろうか。」

といわれたのは、尤もな事であるので、

「この事について私が取り計らいます。」

といって、邸宅に大炊頭殿と主計頭殿を招いて、詳細を話せば、両人が、

「我々の考えだけでは出来ないので、時を待ってお伺いします。」

との事で帰られた。

その後、御前の用向きも済んだので、大炊頭殿宅へ、肥後守殿を呼んで主計頭殿も列席の上で、

「幸松殿を、そなたに預けるので、高遠にて成長されるようにとのお考えである。」

と申し渡された。

肥後守正光には、高遠城三の丸の部屋の普請を申し付け、幸松殿が七歳の時、母と共に引越された。

肥後守殿は一ヶ月の内、五、六回程決まって見回りされ、五回に一度は母へも対面された。

そのような訳なので、保科中将正之殿を懐妊の内に、再婚されたなどとの噂は、大いに虚説である。

1 戦国時代から江戸時代前期にかけての武将、大名。下総多胡藩主、後に信濃高遠藩の初代藩主。肥後守。一五六一～一六三一年。
2 静。徳川秀忠の愛人（本人および秀忠の死後に側室）。保科正之の生母。父は神尾栄嘉。一五八四～一六三五年。
3 井上正就。主計頭。安土桃山時代から江戸時代前期の武将、大名。遠江横須賀藩初代藩主。老中を務める。一五七七～一六二八年。
4 大姥局。徳川秀忠の乳母。今川家家臣岡部貞綱の娘であり、井上正就の母親とは別人で、記述の誤り。一五二五～一六一三年。
5 家庭生活に関する仕事。

6　見性院。穴山梅雪の後妻で武田信玄の息女。武田遺領を確保した徳川家康に保護され、江戸城に邸を与えられた。?～一六二二年。

7　穴山梅雪。戦国時代の武将。甲斐国武田氏の家臣で、御一門衆のひとり。駿河江尻の城主。一五四一～一五八二年。

8　武田信玄。戦国時代の武将、甲斐の守護大名、戦国大名。一五二一～一五七三年。

一、問　幸松君が、公儀の勤めをしたのは、どのような成り行きであったであろうか。

一、答　その時は、駿河大納言忠長《するがだいなごんただなが》卿が全盛でおられたので、

「どうか、幸松君の御披露目を、取り持って下さるように。」

と、肥後守殿が頼まれたので、ならば先ずは対面をとの事で、幸松君と同道で駿府に参り、忠長卿と対面され、もてなされた。

忠長卿は、馬・鷹・時服・白銀などの贈り物をしたり、葵の紋付の小袖を手に持って、

「この小袖は権現様が召されたものである。そなたも、すぐに目出度い御紋を許されるように祝って、これを遣わす。」

といって幸松君へお渡しになった。その時は名乗られはしなかったが寛永六年（一六二九）六月に、正式に御目見えを許された。

寛永八年十月七日、肥後守正光殿は死去された。六日目の十二日になって、保科民部《ほしなみんぶ》殿をは

じめ、家老役達五人を、酒井雅楽頭《さかいうたのかみ》[2]殿宅へ呼び、土井大炊頭殿の列席で、

「高遠の城地は、幸松殿へ下される。」

と仰せ渡された。

十八日には、幸松殿が登城し、五人の家老達と御目見えされた。二十日に元服をされ、二十八日に肥後守に任じられ、御腰の物を拝領仰せ付かった。

保科肥後守正光の、死後二十日余りの間に、以上のように仰せ付かったのは、特別な事ではない。

それは幸松殿が七歳の時、保科正光へ預け、信州高遠で成長されたので、世間では保科家へ養子に下されたように理解していたので、故肥後守の喪に服す必要がなかった。

1　毎年春と秋または夏と冬に、将軍などから諸臣に賜った衣服。
2　酒井忠世。雅楽頭。江戸時代初期の大名。上野厩橋藩主。老中、大老を務める。一五七二～一六三九年。

一、問　幸松殿は、肥後守正光殿が死去された時に、喪に服す必要がないならば、実父の台徳院様が、御他界の時の喪は受けなくてはならない。

後に、増上寺御廟所の普請の手伝いを仰せ付かったが、普請中の四月十七日は権現様の十七回忌に当ったので、譜代の大名方同様に、肥後守殿にも参拝につきお暇を取り、日光山へ行かれた。このお山は、殊の外、喪が禁止された場所でもあるので、肥後守殿が拝礼するという事については、全く理解出来ない。そなたは、どのように聞かれているのか。

一、答　肥後守殿は、台徳院様のお子様というのは、間違い無いのであるが、未だご兄弟の御披露目の仰せもなされないので、譜代大名並みに日光山御宮の参拝の願いを申し上げたところ、早速にお暇を許されたので、五月になって出発され、日光今市の旅宿まで来られた。そうしたところ、江戸表から宿次の飛脚[1]が到着した。それは老中方からの奉書で、

「そなたは、重い服従の身であるので、登山は無用にして、早々帰るように。」

とあったので、北原采女《きたはらうねめ》という家老を名代にし太刀を献上して江戸へ帰宅した。

それ以後、肥後守殿を世間では目を向けられ、崇敬され必ず近々ご兄弟の御披露目を仰せ出られるのではないかと、取沙汰されていたが、その知らせはなかった。

寛永十三年（一六三六）、鳥居左京亮《とりいさきょうのすけ》[2]殿が死亡した後、羽州最上の城地に上った時、十七万石のご加増により、都合二十万石になった。その所替を仰せ付かった時、土井大炊頭殿に呼ばれ、

「この度、肥後守殿が最上へ移るについては、人材不足になる筈なので、気を付けるように。」

との上意があった。

最上の城を受け取りの時、大炊頭殿の侍・足軽・長柄の者数人の加勢があり、最上の城門の所々に、勤番をさせた。そのうちに、浪人になった鳥居衆の侍・足軽達までも肥後守殿は召し抱え、高遠から家中の者も移って来た。

その後、大炊頭殿の家来が帰る時、

「諸番所に飾っておいた武具などは、そっくり置いて帰るようにと、大炊頭殿から、固く申し付けられました。」

といったので、改役の者に申し付けたらその通り置かれていた。今になっても水車の紋の付いた土井家の兵具が、会津城中に残っている。

それから六、七年過ぎて、加藤式部少輔《かとうしきぶしょうゆう》[3]殿が改易された時、肥後守殿は、

「加増三万石に併せて、幕領である会津南山五万石余りを私領のように、管理するように。」

との事で、預かりを合わせて二十八万石の知行高を、仰せ付かり、後に、会津へ遣わされた。

しかしご兄弟の御披露目はありませんでした。

それについては、「駿河大納言忠長卿に深く懲り懲りされたためだ。」とか、その当時の下世

話な話しであったとか。

ある時、堀田加賀守《ほったかがのかみ》殿が、肥後守殿に、

「この間、私にあった上意は、保科家に伝えられた数々の品々は、最早、肥後守方では必要無いので、保科弾正《ほしなだんじょう》[4]方へ返させるように。」

との事なので、肥後守殿は、

「そのような上意であれば、残らず弾正方へ返しましょう。しかし、権現様から、先祖弾正《だんじょう》左衛門《さえもん》[5]方へ下された判物《はんもつ》[6]は手前に置きたい。」

と申せば、加賀守殿が、

「そのような物も残らず返されるのがよいでしょう。」

と申されたので、保科家伝来の物は、弾正殿へ送れば、予想以上にお悦びになられ使者の北原采女へもお腰の物を賜られた。

この事は世間に伝わったので、

「さては、近い内に、御披露目の仰せ出がやっとあるのではないか。」

と、噂をしたが、そのような事は無かった。

1　継飛脚。公儀の飛脚で、老中、京都所司代などが使う事を許されていた飛脚。二人一組で宿駅ごとに引き継ぎながら運んだ。
2　鳥居忠恒。左京亮。江戸時代前期の大名。出羽山形藩主。末期養子の禁令に触れ、死後、所領没収となった。一五六六～一六二八年。
3　加藤明成。式部少輔。江戸時代前期の大名。陸奥会津藩主。会津騒動を起こし、改易となる。一五九二～一六六一年。
4　保科正貞。弾正忠。江戸時代前期の大名。上総飯野藩の初代藩主。養父は正光。一五八八～一六六一年。
5　保科正直。越前守・弾正忠。戦国時代の武将。武田家臣、のちに徳川家に仕えた。正光の父。一五四二～一六〇一年。
6　将軍・大名など発給した文書のうち、差出人の花押が付されたもの。

一、問　肥後守は、そのような理由から、たとえ、大猷院様の代で御披露目を延ばされようとも、厳有院《げんゆういん》[1]様の代に至っては、正しい叔父様の事なので、少しぐらい御披露目の仰せ出があるはずが、遂にそのような話しも無かったのは、何か理由があったのだろうか。

一、答　筆者が承っているのは、大猷院様が慶安四年（一六五一）四月二十日に御他界される少し前に、堀田加賀守殿を以って、肥後守殿を御寝所に召され、肥後守殿の手を握られて、

「家綱を頼むぞ。」

と、上意があったので、

「私が、このようにしている上は、御安心下さいませ。」

と申したら、お手を放された。

肥後守殿は、途方に暮れていたところ、加賀守殿が後ろから、頻りに手を振っていたので、御前を退出し表へ出たら、肥後守殿の顔色を列席の衆中が見られ、

「さては、御容躰が悪いのでは。」

と各自が思った。

それから、間もなく加賀守殿が来られ、

「只今、御他界された。」

との御披露目があった。

そのまゝ、肥後守殿は、西の丸へ登城されて、昼夜三日間帰宅されなかった。

家綱様からの上意で、

「この間、続けて詰められた事、大儀に存じる。帰って休息するように。」

との事を、松平和泉守《まつだいらいずみのかみ》[2]が申されたので、帰宅した。

添嶋武右衛門《そえじまぶえもん》という大納戸役[3]の者を呼び、

「先年、駿河大納言殿から下された、権現様お召しの小袖を出して、持参するように。」

といわれ、持参すれば、

「この小袖を、細工人に申し付け、具足の下着に仕立てさせ、残りの中綿の余りは灰にして、

其方が品川へ持って行き、海へ流すように。」
と申された。

これは、御遺言により、もはやご兄弟の御披露目は、是までと覚悟され、その身を、臣の立場に置いて、御奉公だけに力を注ぐ、との考えによるものだと、家中の者は悟った。

従って数十年間天下の大政・大務に心身を苦労され、老後病気により職を辞し、家督を子息にお譲りになった。

一首の古歌を自ら書き調え、子息の筑前守《ちくぜんのかみ》[4]殿へ渡された。

身は老いぬ　行末遠く　仕えよと　子を思う道も　君をこそおもへ

しかし、筑前守殿は早世された。肥後守[5]殿の家督の後については、常憲院《じょうけんいん》[6]様の代に至って申し上げれば、故中将正之は、出生後七歳までは、江戸の田安で成長され、肥後守正光の死去の時は、台徳院様の上意で、幸松君へ喪を掛けられず、台徳院様御他界の時は、大猷院様の思し召しで、喪を勤められたようにとの仰せ出があった事実などが、理由があって詳しく上聞に達したので、称号・御紋が許され、御家門として認められた。

1　徳川家綱。追号、厳有院。大納言、内大臣、右近衛大将。江戸幕府第四代将軍。一六五一～一六八〇年。
2　松平乗寿。和泉守。江戸時代前期の大名、老中。上野国館林藩初代藩主。一六〇〇～一六五四年。
3　将軍・大名の納戸を管理して衣服・器物の出納をした役。
4　保科正経。筑前守。江戸時代前期の大名。陸奥会津藩第二代藩主。保科正之の四男。一六四七～一六八一年。
5　松平正容。肥後守、左近衛権中将。江戸時代前期の大名。陸奥会津藩第三代藩主。保科正之の六男。一六六九～一七三一年。
6　徳川綱吉。追号、常憲院。大納言、内大臣、右近衛大将。江戸幕府第五代将軍。一六四六～一七〇九年。

第五六話

火事羽織の事

一、問　最近は、どこかで火事が起こった時、身分のある方々はいうまでも無く、下々の小身な者達でも、火事羽織頭巾・胸当てなどを綺麗に作っているが、以前からの事であったであろうか。

一、答　火事装束のはじまりは、酉の年の大火以後で、その前は無かった。

理由は、酉の年の大火の時以外の事は分からないが、浅野因幡守《あさのいなばのかみ》殿は、五万石を領する大名ですが、最近の諸家で足軽達が着ているような、茶色にくすんだ皮羽織《かわはおり》[1]に、紋の付いたものを着用し、家中で五百石から三百石程を取った騎馬役の侍達まで、残らず渋染の木綿羽織に、紋所を大きく付け着用した。

いかにして持ち合わせたのか、知行取の侍の中にわずか三人だけが、皮羽織を着ていたのを覚えている。

火事の当日、井伊掃部頭《いいかもんのかみ》を近くで見掛けたが、因幡守殿と同様、皮羽織を着て馬回りにお供をしていた侍達は、みんな木綿羽織を着用していた。

その後は、足軽、中間風情の者達までも、茶色の皮羽織を着なくてはならないようになったので、上下の区別が付かなくなり、侍分以上の者は、黒皮の羽織を用いるようになった。

それから段々と豪華になり、羅紗[2]羅背板[3]の羽織に派手な模様をして、頭巾も甲と同様に目庇[4]・吹き返しを付け、更に五枚と三枚の錣[5]を下げ、胸当てにも色々な絵を書く様ようになった。

当時の、火事装束の一式を新調する費用は具足一揃いを立派に作る大金が必要であった。

その上、武家方の足軽・若衆は勿論の事、町人・出家に至るまで火事装束の支度をするようになったが、以前は決してなかった事である。

1　なめし皮で作った羽織。防寒、火事装束に用いた。
2　羊毛で、地の厚く密な毛織物。
3　ラセイタ。羅紗に似た毛織物で、地が薄く手ざわりが荒いもの。
4　兜の額のひさし。
5　甲の鉢の左右から、後方に垂れて頸を覆うもの。

第五七話

以前江戸諸売買物の事

一、問　江戸の町方において諸々の売買物は、以前も今と同じであったろうか。

一、答　筆者が若年の時も、今と変わっている事は無い。

しかし、七十年程前は、江戸の町中で足袋屋・香具屋[1]・伽羅油[2]の元結[3]店などというのは、一軒も見当たらなかった。

理由は、酉年の大火事以前は、大名方をはじめ、下々の男女共すべて、皮足袋より他は、用いなかった。

しかし、酉年の大火事以後は、皆が皮羽織・皮頭巾の用意するようになり、鹿の皮の需要が多くなり、皮足袋の値段が高値になったので、下々の者達は男女共に、自ずから、木綿足袋を用いるようになった。

皮足袋は切革屋で揃えたので、特に看板を出す必要が無かったが、木綿足袋を用いてからは、足袋屋というのがはじまった。

それから伽羅の油は、七、八十年前までは、元服前の小姓は別として、その他、上下共に年の若い男が髪に油を塗り付けるというのは軟弱とされていた。

その時代は、揉上げの頬鬚[4]というのは、その時の流行に敏感な侍もいたけれど、多くは、徒・若党[5]・小者・中間がやる事であった。

その輩は、ロウソクの流れを、油で解いて緩《ゆる》め、松脂などを加えて、伽羅の油と名付けて用いたようであった。その時、伽羅の油が必要であれば、菜種油屋へ申し渡し調えさせたので、今のような、伽羅の油屋は見掛けなかった。

今でも流行している文七元結[6]というのも、以前は無かったので、上下共に年が若い者が、こより[7]にして用いたものである。

少し話が違うが、筆者が若年の頃までは、江戸の町方で、犬はめったに見なかった。

武家・町方共に、下々の食べ物は、犬に勝る物は無かったようなので、冬に向かう頃になれば、見掛け次第、打ち殺して賞味したためである。

1　香道に用いる香具を作り、また売る人。
2　鬢つけ油の一種。
3　髻（髪を頭の頂に束ねた所。）を結ぶ細い緒。
4　頭の左右側面の髪。
5　武家で足軽より上位の小身の従者。
6　文七というつやのある白い紙で作った上等の元結。
7　細く切った紙をひねってひも状にしたもの。

第五八話

朝鮮人参の事

一、問　朝鮮人参[1]は、以前から工面しても品不足で、値段も高値であったのであろうか。
一、答　私が若年の時は、人参が必要であれば、いくらでも調達出来た。値段も人参一匁[2]に付き、白銀[3]十二、三匁程で買えた。
その時は、人参を用いるのを好み、医者の薬を人々は、不安がっていたようで、病人の居る家で、人参の入った薬を用いていると聞けば、

「なんと気の毒な事であろう。」

といって悔むようであったので、私もよく覚えている。

1　ウコギ科の多年草。単に人参、又は高麗人参ともいい、薬用植物として著名。

2　一匁は一貫の千分の一で、約三・七五グラム。

3　白紙に包んで贈答用に用いた楕円形の銀貨。通用銀の三分にあたる。

第五九話

踊子の事

一、問　今、江戸の町中で女の子供を集め、踊り、又は、小唄・浄瑠璃・三味線といったものを教えて生活している類の輩は、以前から居たのだろうか。又は、最近の事だろうか。
一、答　私が若い頃までは、踊子という者は、たとえどれほどの高給にて召し抱えようとしても、江戸の町方には一人もいなかった。
三味線というものは、盲目の女以外は弾かなかったようであり、目の見える女などに習わせようというのは、世間では珍しい事のようにいわれていた。

そのため、当時の大名衆の奥方では、瞽女《ごぜ》と名付けた盲目の女を、二、三人抱えて置いて、接待などあった時は、三味線を鳴らし、小唄風なものを唄わせ座興を催すようであった。

今では、例の瞽女という者は姿を消し、至るところに踊子や三味線を弾きが居るのは、元禄年間（一六八八～一七〇四）からの事であっただろうか。

女の子を、踊子などに仕立てるのは、親の物入りが掛かるというので、五百石や千石程の知行を取った武士を目当てにしたのではなく、せめて五～七千石の知行高より一万石以上の郡主、又は、国主方にも奉公させたいとの願いを込めて師匠を選び、物入りをも、嫌がらないで稽古させた。

一方、それを召し抱えられた主人方は、必ずしも、その踊子を寵愛されたとは限らないが、年若い方々は、心の緩みとなり行きで、行儀も乱れ、酒の一つも召し上がり過ぎるようになると、その酔に紛れて不養生も頻繁になるので、元来、ひ弱く生まれついた方々はいうまでもなく、たとえ頑健に生まれついていても、女と酒両方に溺れては、直らぬ病気でもなり、短命になるのは当然である。

このような女楽[2]の流行について、孔子[3]は、悔みをいったのである。

私が若い頃までは、大名方が奥向に表から入られ、鈴の音が聞こえれば、年寄の女中達が指図し、家柄もよい若い女中達を部屋に追いやって、殿様の目通りには、うろうろさせないようにしたとの事であった。

いつ頃からはじまったのであろうか、大名方の息女が婚礼の時、お供する女中の中に、例の踊子・三味線弾きを、抱え集めて供をさせ、婚儀が調ってから数日経てば、年寄の女中達の取り計らいで、例の踊子をはじめ、座興を催したので、年若い殿達は、これに勝る楽しみはないという思いになるので、次第に奥に行かれるのを好んでいるのを、見ては、

「お二人の仲が、よくなって。」

といって、喜び合っているというのは、誠に女の浅智恵というもので、結局は、大切な主人へ、毒貝を差し上げるのと同様な事で、良いのか悪いのか。

このような事は、すべて三、四十年ばかり前から始まった事で、私が若年の頃は聞かれなかった。

1　三味線を弾き、唄を歌うなどして、銭を乞う盲目の女。

2　酒宴の席に出て、楽舞をする女性。

3　孔子。中国、春秋時代の思想家。前五五二～前四七九年。本文中の言葉は、『論語』子罕第九にある「子曰、吾ハ未ダ徳ヲ好ムコト、色ヲ好ムガ如キ者ヲ見ズ」による。

第六十話

江戸大絵図の事

一、問　今、江戸大絵図といって、世間に持てはやされているのは、いつ頃出来たのであろうか。

一、答　大絵図というものは、以前は無かったものだが、厳有院《げんゆういん》公の代にあった明暦三年（一六五七）の酉の年の大火事直後、井伊掃部頭《いいかもんのかみ》殿・保科肥後守《ほしなひごのかみ》殿をはじめ、その他の老中方が集まって、「江戸大絵図が無くてはならない」と相談し、松平伊豆守《まつだいらいずのかみ》殿が担当となって、北条安房守氏長《ほうじょうあわのかみうじなが》殿に、仕上げて差し上げるように指示された。

安房守殿が申し上げるには、

「私は今の役の事で、御用が多忙であり余裕がなく、その上、御城回りをはじめ、武家屋敷並びに町方の小路を入れ、方角が違わないように仕上げるというのは、簡単に出来る事ではあり

ません。私の役の片手間に、絵図に取り掛る事は出来ないので、他の方へお申し付けくださ
い。」
と強いて断ったけれど、、他へ申し付けられる者もいなかったので、伊豆守殿は、
「下の役人はいくらでもそなたが申す通りにするので、大絵図の監督として、世話をするよう
に。」
と申したので、安房守殿は、
「それでは、私のどうしても外せない者に久嶋伝兵衛《くしまでんべえ》というのがいて、只今、門弟に指南をさ
せているので、私の所に置いていています。しかし、当面は浪人なので、御城内へ立ち入るのはい
かがかと思いますが、差し支えがなければ、この者に指図して私の名代として、勤めさせたい
が、いかがでしょうか。」
と伺えば、伊豆守殿が、
「よい考えではあるが、現在浪人であるという者ならば、自分の一存では返事が出来ないので、
追って話をする。」
といった。

その後、伊豆守殿が、

「この間話された久嶋伝兵衛ですが、あなたは由緒があり、その上こちらに置くというのであれば、差し支えない。その下役として、鈴木修理《すずきしゅり》[1]の配下の者達を連れて、そなたの指図に従って勤めるように言い付けているので、その事を了解頂きたい。」

といわれた。

小川町の安房守殿宅の焼跡に、絵図小屋が出来て、修理、伝兵衛、その他の技官が呼ばれた。最初に本丸の地坪を計算し、次に西の丸の地坪を計算した時、御殿に公方様が入られていたので伝兵衛は差控え、二、三日間は、安房守殿が自分から出て修理へ指図して、事が済んだ。

全体的には外大手の平川御門から内側には、安房守殿の直弟子の者でも、伝兵衛より他は一人も入る事が出来なかった。

御城内の調査が済んだ後、他の門弟達も二、三人程が申し合わせ、伝兵衛の手伝いとして勤め、私も、大原十郎右衛門《おおはらじゅうろうえもん》と組んで、三、四度程手伝った。

絵図が出来た時、

「御納戸役[2]へ納める前に、拝見したいという直弟子の者は、絵図小屋へ来るように。」

と安房守殿が申されたのを、伝兵衛の方から伝えられたので、皆、参った。

私は、大原と一緒に行ってみると、清書の絵図は、箱に入れて床の上に置かれ、下絵図を一覧していたら、安房守殿が来られ、大原と私に、

「この下絵図にある本丸の部分は、御堀より中を切り抜くように。」

と申されたので、二人で切り抜いたら、

「裏面から薄紙を張り、落ちないように。」

との事で、その通りにしたら、岩城伊予守《いわきいよのかみ》[3]殿が来られ、下絵図を見られ、

「この本丸を、何故切り抜かれたか。」

と尋ねたので、

「少し訳あって切り抜かせた。」

と、安房守殿が返答された。

私も全く合点が行かなかったが、後日聞けば、安房守殿は例の下絵図を差し上げれば、老中方いずれもお褒めであったと申した。

その時、安房守殿は、例の下絵図を取り出され、

「これは、下絵図でございます。清書の絵図が出来た上は、焼き捨てるべきものであったが、一応、伺ってからと思ったので、持参した。私が考えるには、本丸・西の丸の坪数さえ露見し

なければ、別に秘密にする程のものでもないので、この下絵図は、印刷をさせてはいかがであろうか。世間で重宝されると考える。」

と申し上げれば、老中方のいずれも、

「そなたの申す通りである。そのように申し付け、印刷されたら、私達も一枚ずつ戴きたい。」

と申したので
「ならば印刷させます。」

と申され、安房守殿は、老中方がご覧になっている前で、絵図の中に切り抜いていたところを取り離し、小刀で細かく切り破って、鼻紙に包んで坊主衆に、

「これを、焼き捨てるように。」

といって渡した。

その後、「遠近道印《おちこちどういん》」4という書物屋へ渡り、印刷された。そして、安房守殿からの指示で、老中方をはじめ役人方へ、印刷された絵図を一枚ずつ道印方から進呈し、その後、世間へも広がった。

酉年の大火事以後、江戸は益々広がったが、その所々は公儀からの改定もなかったので、道印方から人を遣わし、私が見分して対応して、従来の絵図に、書き加えて新版とした。

詳細を知らない者は、はじめから「遠近道印」が自作したものだと思っている。

1 鈴木長頼。江戸幕府の作事方御大工頭。一六五五～一七〇七年。
2 将軍家の金銀・衣服・調度の出納，大名・旗本からの献上品，諸役人への下賜の金品の管理などをつかさどる役職。
3 岩城重隆。伊予守。江戸時代前期～中期の大名。出羽亀田藩主。一六二八～一七〇八年。
4 藤井半知。江戸時代前期の絵図師。一六二八～？年。

第六一話

道灌山の事

一、問　本郷駒込の外れに、道灌山[1]という所がある。これは、太田道灌《おおたどうかん》が江戸の城に居住していた時の、山城の跡であったのだろうか。そなたはどのように聞いていられるか。

一、答　筆者は、そのように思っていたが、江戸大絵図が出来て、献上する前になって皆で拝見していたら、岩城伊予守《いわきいよのかみ》殿も来られ、江戸城の噂をしていた。

伊予守殿が、久嶋伝兵衛《くしまでんべえ》に、

「本郷の外れに、道灌山というのがあるが、太田道灌の屋敷の跡でもあったのだろうか。」

と尋ねられたのを、北条安房守《ほうじょうあわのかみ》殿が側で聞かれて、伊予守へ、

「あの道灌山と申すのは、関道閑《せきどうかん》[2]と申した者が住んでいた屋敷跡で、太田道灌とは違う。」

と申したので、その詳細を聞きたいといったけれど、伊予守殿と安房守殿が対談した時の事

なので、その場は過ぎてしまった。

三十年程前に、筆者が用事が出来て、この辺りに参った事があり、その時、在所の年寄りに出合って聞いたら、関道閑という名に違い無いとの事であった。

1　今の東京都荒川区西日暮里四丁目にある高台。
2　関小次郎長耀入道道閑。鎌倉時代の豪族。

第六二話

松平伊豆守殿と阿部豊後守殿 御同職 御同意の事

一、問　大猷院《たいゆういん》様が御他界の時に、老中方では阿部対島守《あべつしまのかみ》殿・堀田加賀守《ほったかがのかみ》殿の両人が殉死された。松平伊豆守《まつだいらいずのかみ》殿・阿部豊後守《あべぶんごのかみ》殿のご両人に、御用の御達しが数年間あった。その時、早々に御同役を仰せ付けられなかったのは、何か理由があったのだろうか。

一、答　この事について、筆者が聞いた事がある。

ある時、井伊掃部頭《いいかもんのかみ》殿・保科肥後守《ほしなひごのかみ》殿、並びに酒井讃岐守《さかいさぬきのかみ》殿が列席で、伊豆守殿・豊後守殿へ、掃部頭殿が、

「この間、御三家方がいわれるには、今、代替わりなので、特に御多忙の様子と聞いているが、只、両人で勤めているというのは、大儀であると申された。我々も同感なので一人か二人を、御同役の中から仰せ付られてはいかがかと思う。誰でも御同役に仰せ付けたい人がいたら、そ

の名を書いて出すよう。」

といわれた。両人は、

「御三家方も、私達両人で勤める事を大儀に思われ、同役を増やして下され、その上、同役を選んで二人に書き出すようにとの事で、重々有難度く思っております。両人で相談して、御三家方への返答は、追って申し上げます。」

と申した。

翌日になって、掃部頭殿、肥後守殿、讃岐守殿列席の所で、両人が進まれて、

「昨日、御三家方の思い寄りがあり、仰った趣は、ご配慮いただき有難く思いますが、私達両人も殉死した対島守・加賀守と同様、先代の御厚恩を受けた者です。両人は、御他界の時、お供申し上げて果たされた。私達両人は、このように存命し、畳の上の御奉公を申し上げるというのは、有り難い事であるので、同役が少ないので、勤められないというのは、私達の口からは申し上げられません。しかし、幼君様の時代に、手際が悪い私達両人で大切な御用向を成し遂げるのには、他に同役を仰せ付けるべき、と御三家方の考えであれば、その事は誰でも検討の上、幾人であっても仰せ付けられれば、その方々と話し合い、勤めていきますが、私達の方から、同役を願う事については、申し上げる事はできません。」

と申し上げた。

掃部頭殿がその事を聞かされ殊の外感心され、肥後守殿も同様、何もいわずにひたすら落涙された。

讃岐守殿は、掃部頭殿・肥後守殿へ向われ、

「両人がこのような思いであれば、お上のために結構な事です。御三家方もお聞きになれば、さぞお悦びになられる事でしょう。」

と申され、決着しました。

この件は実説であったのであろうか。稲葉美濃守《いなばみののかみ》殿[2]を、老中役見習として任命されたのは、かなり後の事であった。

1　阿部重次。山城守、対馬守。江戸時代前期の大名。武蔵岩槻藩主。老中を務める。一五九八〜一六五一年。
2　稲葉正則。美濃守。江戸時代の大名、相模小田原藩主。老中、大政参与を務める。一六二三〜一六九六年。一六五七年に老中となる。

第六三話

山縣三郎兵衛噂の事

一、問　権現様は、若年の頃から数限りなく戦場へ臨まれたと、聞き伝えられているが、総数はいかほどであるか、知っているであろうか。

一、答　この事について私が聞いているのは、権現様は十七歳の時、初陣に立たれ、元和元年（一六一五）大坂夏の陣までの間に多少なりとも敵味方に戦死者があるような合戦に遭遇されたのは、総数四十八回と以前から世間に伝わっている。

その他、陣地の支度で出馬されたのは数限りない。

これらの場数の為に権現様は、右手の中指三本が老年になっても、真っすぐに伸びず、指の節が瘤になっておられた。

この事は若年の頃から、合戦場へ臨まれる前に、味方の諸勢に命令される時に、手に持っていた采配[1]で、鞍の前輪《まえわ》[2]をたたかれたので、指の節から血が流れ出たのを気付かず、帰陣後、薬を付け、治り掛けたと思えば、又もや、陣地に立って例のように、傷付けたのが原因である。

この一事についても、武勇の程が分かる。

1 軍陣で、大将が打ち振って、士卒を指揮するのに用いた具。
2 鞍橋の前部の山形に高くなっている部分。

一、問　四十八回の、場数の中には、きっと大小の合戦もあり、且ついかに合戦が上手であっても、一代の間に勝戦ばかりでは無かった筈である。その事を知りたいのですが。
一、答　筆者が聞いているのは、権現様一代の間の大合戦と申すのは、江州姉川・遠州三方ヶ原・三州長篠・尾州長久手・濃州関ヶ原の五回の合戦である。
次に一代の間に、難儀な目に遭ったと申すならば、織田信長公《おだのぶなが》へ加勢して越前へ出馬した時で、江州にて浅井備前守《あざいびぜんのかみ》[1]が謀反をし、信長公が越前金ヶ崎の陣を突然引き払った時、

「羽柴筑前守《はしばちくぜんのかみ》を、殿に申し付けたので、お心を添えて援護されるように。」

と、信長公から頼まれたが、朝倉義景《あさくらよしかげ》[2]は多勢に乗じて急に追討して来たので、さすがの秀吉

公も退く事が出来ず、最早討死にという覚悟で、
「私には、お構いなく、家康様は早々に退いてください。」
との使いを秀吉公が、二度までも寄こされたが、それにこだわらずに、
「味方の人数で、朝倉勢を押えるように。」
と命令された。

そこへ越前勢が急に攻めて来たので、家中衆が防ぎきれなかったのをご覧になって御自分で御持筒[3]を取られ、朝倉方へ攻め掛けられたので味方の諸勢はいずれも粉骨砕身を尽くす、遂には越前勢を追散らし、秀吉公を救出された。

次には、武田方の山県三郎兵衛《やまがたさぶろべえ》[4]が島田の宿に居ると聞かれた権現様は、掛川の城から金谷の台に出馬され、収納米の件で山県へ使いを出された。

山県はどのような考えだったのだろうか、騎兵・歩兵合わせて六、七百ばかりの人数が、旗を差し上げて、大井川を渡って理不尽に押し掛けてきた。

権現様は少しも想像しなかったので、掛川から出発された時、お供の連中も平常服であったので、山県の武者備と敵対する積りも無く、早々掛川の城へ馬を入れた。

跡を追った山県の人数は、袋井縄手まで来て、大銀杏の木の下で軍を留め勝鬨の声を挙げて

引き上げた。
この時の、権現様の退却は、実に困難であった。

1　浅井長政。通称、備前守。戦国時代から安土桃山時代の武将。北近江の戦国大名。一五四五～一五七三年。
2　朝倉義景。左衛門督。戦国時代の武将。越前国の戦国大名。一五三三～一五七三年。
3　鉄砲。
4　山県昌景。別名、三郎兵衛尉。戦国時代の武将。甲斐武田氏の家臣で、武田四天王の一人。一五二九～一五七五年。

一、問　その時は、武田信玄と権現様とは、織田信長公の仲裁で和平の時でもあったが、信玄の家来である山県が、そのような態度に及んだのでは、無礼で不届な事であれば、さぞご立腹されたであろう。この事をどのように聞かれておられるか。
一、答　山県の軽率な動きの事は、不届者としてご立腹されたのか、皆が思いましたが、権現様は、掛川の城へ入られて、お側衆へ仰るには、
「武田信玄は、よい人を多く持っている。中でも山県に勝る者は、そうは居まい。只者では無い。」

との仰せで、大変賞美された。

三州長篠の合戦の時、山県がご当家の陣立先で鉄砲に当たり、討死したという事を聞かれ、非常に悲しまれた。

その事で武田家滅亡の後、多数の甲州衆を御家へ召し抱えた時も、広瀬・三科をはじめ、山県の同心達は最初に召し出され、井伊直政《いいなおまさ》[1]へ預けられた時、

「万千代よ。その方らの世話をして、山県の武勇が替わらぬように取り立てよ。」

とすぐに仰せ渡した。

上洛の時に、袋井縄手を通った時は、例の大銀杏の木の下で、お茶を召し上られたのである。金谷表へお供をした人々は、決まって御前へ召し出され、当時の事を追憶と共に山県の噂をされた。

1　井伊直政。幼名、万千代。安土桃山時代の武将、大名。近江彦根藩主。山県昌景の朱色の軍装を復活させた。一五六一～一六〇二年。

第六四話

御治世の事

一、問　大昔の太平の世というのは、当世のような太平の世を指していたのであろうか。または今の時代より太平の世だった時代はあったのであろうか。そなたはどのように聞かれているか。

一、答　筆者は文盲なので、異国については、全然分からない。

我が国といっても、昔の事は分からないけれど、大将・源頼朝《みなもとのよりとも》[1]公がはじめて天下の権を取られた後、鎌倉将軍家その後、足利尊氏《あしかがたかうじ》[2]公から京都代々の公方家以来の事は、各書にも記録されているので、大筋は見た記憶がある。

頼朝公・尊氏公・織田信長《おだのぶなが》公・豊臣秀吉《とよとみひでよし》公など、いずれも創業の大功を立てられ、一度、天下の権を取られたといっても、創業のはじめに守成[3]の後を兼ねるという大切な事に注意をしなかったがために、繁栄を子孫へ伝え、世を保つ事が出来なかったのである。

その中で、京都将軍家は、元祖尊氏公から十三代といえば、久しい治世のように聞えるけれど、今の代のように、天下統一の世というのではなく、世代が続いたというまでの事である。

権現様は慶長五年（一六〇〇）の年、はじめて天下を手に入れて以降、代々続いて、天下統一の平穏は、百三十年に及んでいる。

異国の事は分からないが、我が国では、前代未聞の御治世である。

その理由はなぜかといえば、権現様は、先の四大将の行いを前者の戒しめと思って、天下創業のはじめから、守成の後の事を第一とされた。

関ヶ原の戦いを勝利されて、譜代・外様の諸大名方へは、各々に加増して国替・所替などを仰せ付けたけれど、御自身は将軍宣下の祝儀までも引延ばされ、時々御鷹野をされる他は、万事を差し置いて公家・武家・寺社などの決まり事、並びに万民安堵の政務に誠心誠意尽くされた。

その教えが、今に伝わっての御治世であれば、これ以後の太平に限りは無いだろう。

しかし、治世には決まって治世の悩みがある。その理由はなぜかといえば、天下の武士が治世を頼りに、安楽の思いで住み、帯紐を解き、枕を泰山の安きに置き[4]、ここで自然と武備に怠り、武士道の本意を失う事となっていく。

法は上より立ってこそ、と昔から言い伝えられているように、農・工・商の三民の長である武士という、士である道に間違うようであれば、その下に随う三民の者達も、その作法を受け入れられない。

是を治世の煩いという事である。

天下の武士・貴賎上下を限らず、おごる心を押え質朴を宗として、無用の出費を惜しみ、武備に怠りなく武士道の正義・正法に研鑽する事を願う。

干時　享保十二年　丁未　孟春吉祥。

東武隠士。知足軒友山　八十九歳。綴之。

1　源頼朝。平安時代末期から鎌倉時代初期の武将、鎌倉幕府の初代征夷大将軍。一一四七〜一一九九年。
2　足利尊氏。鎌倉時代後期から南北朝時代の武将。室町幕府の初代征夷大将軍。一三〇五〜一三五八年。
3　草分けの後をつぎ、その業を固め守る事。
4　泰山は中国の名山で、仰ぎ見られる山。物事をゆるぎなくどっしりと安定させる事のたとえ。

霊巌夜話

大意弁

天下太平の時代に生まれた者達は、乱世の有様を、昔の語りにのみ聞き伝えられていて、世間一般の事のように、心得ているというのは、よくない考えである。

筆者が若年の頃までは、乱世に出合った老人も少なからず生存していたので、その老人の話を、聞いたりした。

乱世というのは、必ずしも武士に限った事では無く、農・工・商の三民をはじめ、その他出家僧侶の者達までも、大変迷惑し難儀をしていたのである。

なぜかというと、今時の武士というのは、口にする物は、精白米の飯に、味のよい味噌汁を添えて、おかずをより好みし、その上に、酒の肴などという有様で、身には、季節に応じた衣服を着て、冬の夜は掛具を用いて寒気を防ぎ、夏は蚊帳の中で気持ちよく寝起きし、昼の間の勤めは、畳の上での仕事なので、別に気遣いする事も無く、供番[1]・使役でさえも、番が詰まっていて苦労するなどといって呟き、主人から給る恩給は只取りしているようなものだ。

乱世の武士というのは、口にする食べ物は、陣中に臼・杵という物も無いので、玄米をつかないでそのまま炊き、塩の汁をすすり、勿論、調理したおかずなど、といったものは無い。

野戦の時は勿論の事、たとえ陣屋の中に居ても、屋根は雨漏りさえしなければよいとあって、脇には笹垣[2]の一重で囲んで、下には敷物一枚で、掛具といったものは無い。

寒い季節の陣は、肌も冷え切って夜も寝れず、夏の陣の時は、終夜、蚤・蚊に刺され、時には具足を着ながら夜を明かし、その上、掛け替えの無い命を塵芥《じんがい》[3]のように思って家を離れ、妻子を忘れて、軍陣にて月日を送る辛労というのは、どのようなものであるかと、考えてみるべきである。

次に、農民百姓達も、戦国の時は、軍役の追立夫《おったてぶ》[4]などという事が頻繁になったので、農業を勤めるいとまも無く、その上、戦場では毎度、足軽・長柄・旗持などその他雑人の者達が敵のに討たれるので、その代わりが必要となる。しかし、乱世には下人奉公をする浪人者というのも少なく、大方は、知行所の村々へ割り当て、百姓達の中から手足も強く、しっかりしている者達を、理不尽にも連れ出して、戦場の供に連れて行った。跡に残された親・妻子の嘆きの程を、思い遣るべきである。

天正十八年（一五九〇）の小田原の陣の後、権現様が関東に御入国された時、里村の百姓達は目も当てられぬ有様で、その所の名主・長百姓《おさびゃくしょう》[5]であっても、床を張り畳を敷いた家屋などは一軒も無く、男女共身には、木綿の綿入れを着て縄帯を締め、藁で髪を束ねた者ばかりであったと、その時代の老人が、物語ったのを筆者は聞いたのである。

ところが今時の、百姓達の家屋というのは、ほとんどが床を張って畳を敷き詰めていて、土間に、ねこざ[6]・藁・菰などを敷いた百姓の家屋というのは、稀であった。衣類も、男女共に晴れ着・普段着の区別をして、髪には元結を巻立て、鬢には油を塗るようです。

その村の名主・長百姓と呼ばれた者の中には、遂に鍬・鎌を、手に取った事が無いという者も大勢いたようで、これもひとえに御治世が続き、御代が穏かになったからである。

細工人も乱世では、武具・兵具・馬具などの細工人は、相応に生活出来ますが、その他、家作りに関わる諸職人をはじめ、少しでもぜいたく風の物を拵える事を覚え営みとした細工人は、生活する手段が無く、大方は、出入していた武家方の扶持人となって、生計を立てるしか方法が無かった。

しかし、御治世が続き豊かな時代となれば、上層の方は勿論の事、下々の者達までもが、相応にぜいたく物を好み、目利きをするようになると、普通の職人達も、家業の暇もなく、安心して暮らしたというのも、御治世の故である。

商売人はというと、猶更、乱世には迷惑した。

なぜかというと、世上が静かな時と違い、物騒な時には、他国との商売は全く出来なくなり、自国での売買も思うようにならない。

その上、時代とともに、盗賊・押込みなどをするならず者も多くいたので、ひたすら元手も無く貧乏な町人達は、そのままであったが、少しでも財産があった町人は、所持した財産の置き場所に気を付けても、自分の身の安全を守るのが難しくなった。

ところが、御治世の町人というのは、たとえ少ない元手しかない裏屋[7]・背戸屋[8]にその日暮らしをする町人であっても、大家へ店賃を出し、公儀の御法度さえ守れば、なんの気遣いもなく、安心して寝起きが出来る生活が送れる。

ましてや、生計のよい町人は、手元にある金銀を借して、それを増やす事に注力し、又は、貯えを減らさないように考えを巡らした。

他には、何の苦労もなく心任せに寝起きして、食べたい物を食べ、呑みたいものを呑み、衣類の事も心に任せ、綺麗で広々とした屋敷に住み、男女でさえ召使の手配に面倒も無く、何一つ不足する事も無ければ、無病息才で長寿を願うより他に無いような者達も多くいたが、これすべて御治世に生まれた事のお蔭である。

その他、出家僧侶をはじめ、種々の遊民達は、四民の安定した生活に従って生計を立てているのであれば、なおさら御治世でなくては安心して生きてはいけない。

御治世といっても、色々な物事の段階があるのだ。

なぜかというと、大将・源頼朝《みなもとのよりとも》卿によって、武家がはじめて天下の権を執られて以後、鎌倉将軍家の代々、北条時政《ほうじょうときまさ》[9]の子孫・高時入道《たかときにゅうどう》[10]まで九代の間、執権職を保って、京都には、両六波羅[11]という役所を置き、天下の政務を執行したから、日本国中が平穏になったというのでは無い。

その後、足利尊氏《あしかがたかうじ》卿子息・義詮《よしあきら》[12]の両代も、大方御治世のようであったけれど、西国には南朝の残党、関東には新田家の氏族などが残っていたので、全体で静かだった訳ではなく、方々で少しずつの騒動が起こった。

三代目・義満《よしみつ》将軍の代になって、ようやく世間も穏やかになったので、幕府の礼法・儀式なども、伊勢・小笠原などの家々に命じて、古風の鎌倉様式に手を加え、一通り再興された。

その他、将軍家の格式なども保たれたので、これにより武門の繁栄と平穏も果てしなく続くと誰もが思っていたが、思いの他、程なくして、戦国の世になり平穏では無くなった。

元祖・尊氏公から、将軍義輝《よしてる》[13]滅亡までの年数を考えれば、百六十年余りになるけれど、その内、二、三十年の間は、引き続いて全く平穏な世は無く、義満将軍以後は、次第に威光が衰え、将軍といった名前だけのようであった。

足利家滅亡の後、織田信長卿が暫くの間、天下の権を執ったようだが、少しずつ上方筋十五、六ヶ国が手に入ったというまでで、家来の明智光秀《あけちみつひで》によって殺された。

その後、羽柴筑前守秀吉《はしばちくぜんのかみひでよし》が、逆臣の明智を追討して、その後、自立の功を立て、次第に天下を握る勢いがあったけれども、身分の低い家に生まれなので、征夷大将軍の号を身に受けても、由緒正しい諸国の諸大名の称賛を得られるのだろうかと考え、武門の交りから離れて公家に列し、関白職に駆け上がれ、宮中の御威光を笠に着て、天下の権を執り、天正十八年（一五九〇）以後、天下統一の大功を立てたが、程なく病気になられ、山城国伏見の城中で遂に死去なされた。

それ以前、流石に身分の低い家から生まれて、大いなる功を立てられた器量があったので、秀吉公は二度までも、権現様を病床近くに招いて
「私は、この度の病気が全快するとは思わないので、秀頼《ひでより》が未だ幼年の事でもあり、その上、

無事に成長しても、その人柄は予測しにくい。天下を治めるというのは、大切な事なので、私の死後、天下の政務はそなたへ譲っておきたい。」

と申されたけれど、権現様はどのような思いであったか、お認めにならず、強くお断りされたので、秀頼卿が幼少の間は、権現様は天下の政務を行い、加賀大納言利家《かがだいなごんとしいえ》[14]卿に、秀頼の養育を頼む、との遺言となった。

そのように事が済んだところ、大老職の中で備前中納言秀家《びぜんちゅうなごんひでいえ》[15]、五奉行の中で石田治部少輔《いしだじぶのしょうゆう》三成《みつなり》[16]、外様大名の中では小西摂津守行長《こにしせっつのかみゆきなが》[17]並びに安国寺恵瓊《あんこくじえけい》[18]らが共謀し、正当な理由なき反逆を企て、諸大名を巻き込み、慶長五年（一六〇〇）に兵乱が起こり、日本国中の軍勢が東西に分かれ、美濃国関ヶ原で、天下分け目の大合戦が起こった。

その時、御当家譜代の人持衆の大半が、秀忠《ひでただ》公のお供で、木曽路からお越しになられたので関ヶ原の一戦に間に合わなかった。

「十万余りの上方勢に対して、僅かな味方での合戦に勝利出来るのであろうか。」

と人々の予想に反して、下野国小山で、誓約申し上げた豊臣家の諸大名黒田長政《くろだながまさ》[19]、細川《ほそかわ》忠興《ただおき》[20]、加藤嘉明《かとうよしあき》[21]、池田輝政《いけだてるまさ》[22]、福島政則《ふくしままさのり》[23]、浅野幸長《あさのゆきなが》、藤堂高虎《とうどうたかとら》、その他筑前中納言秀秋《ちくぜんちゅうなごんひであき》[24]をはじめ、上方衆がすべて味方をされ、逆徒の軍勢を切り崩した。

味方では松平下野守忠吉《まつだいらしもつけのかみただよし》卿[25]・井伊直政《いいなおまさ》・本多忠勝《ほんだただかつ》[26]などが負傷したが、その他の旗本譜代衆の中で、手傷を負った衆中は少なく、合戦に勝利され、自然と天下は、御当家の手に入ったのは、古今東西、例が無かった事である。

その次第から考えて見れば、天の許せる聖武などと言い伝えられるのは、権現様の事ではないかと思われる。

なぜかというと、関ヶ原の一戦の勝利以後は、天下を統一したので、気楽にやりたい事をなされればよいのだが、栄華・栄光を楽しむ事は少しもなされず、万民が安堵する天下泰平の支配の事だけを思い巡らして、元和二年（一六一六）四月十七日、駿府城内で御他界された。

その時の御遺言により、神霊となり下野国日光山中に遺骸を置くようにされた。御当家末代までの武運を守られるという念願の趣旨は、天子にも達したので、東照大権現宮という勅号を仰せ出られ、元和四年（一六一八）以来、日光山に鎮座された。

天下を御守護されたので、代々続いた泰平は、慶長五年（一六〇〇）から百三十年[27]に及んだ事は、異国本朝共に、その例が無いのである。

なお、この末、どのような御治世になるかは分からないが、これはひとえに、東照宮様の御神力が深い事による。

日本の大昔の事は知らないが、中古以来、人が神に祭るというのは、在世の内に智・仁・勇の三徳に叶った人の死後、神霊と仰いで社を建て、時節の祭をして人々が尊敬した事によるもので、そのような人であれば、あえて貴人・高位の人だけに限った事でも無い。

身分の卑しい者でも、智・仁・勇の三徳を兼ね備えている人も居なくはないからで、心の広さがなければ、三徳が広く現われないので、自然とその徳も隠れ、人知れず一生を空しく送る他は無くなる。

身分が高い人の中に、三徳の備わっている方々が居られるならば、その徳に叶った行いに及んで隠れる事なく、人々の耳や目にも触れて、世間にも広く噂をされるようであった。

三徳の内一徳であっても、確実に備わっている人というのは、稀であるけれど、三徳共に兼備わっている人は、千万人の中でも居るか、居ないかという事なので、昔から、神霊と顕れ、人々の崇敬に預かるというような人は多くない。

最近では、豊臣太閤秀吉卿《とよとみたいこうひでよし》などが在世の時からの願いで、豊国大明神という勅号を下され、結構な宮居なども揃え、権現様の上意で一万石の社領も寄附されたが、秀吉卿の人となりは、智勇の二つについては生まれ備わっているが、三徳の中で、第一ともいう仁の一道は、全く欠けていて、不仁の方へ片寄った生まれつきの方である。

智・仁・勇の三徳というのは、鉄の爪などのように長短なしに揃わないといけないのだが、肝要の仁徳は少しも無く、欠けていては、真の神霊とはいえないので、長く続く事は無く衰え、社殿なども今は跡形も無くなったという事である。

権現様は、御遺言により神霊として祭られ、日光山上に安置されていますが、元和二年(一六一六)より今年まで百十四、五年の間、御代が平穏に治まり、日本国中の万民が、安堵に居住している。それは権現様が御在世なされた時、智・仁・勇の三徳共に、兼備わられていたからである。

その証拠に、先ず智恵は、三河国岡崎の有一の城から、日本国の主と成られたという事である。

その上、智と勇の二つについては、不足が無いかというと、関白秀吉卿が天下統一の大望があったけれど、何はともあれ権現様の協力が無かったら、事が行かなかったという考えによる。あるいは子息の三河守秀康卿《みかわのかみひでやす》を養子とされ、更に妹君の朝日姫《あさひひめ》を権現様の妻とされる御重縁が取り組まれても、権現様は全く取り合わなかったので、他に仕様も無く、母である大政所《おおまんどころ》を人質とし、岡崎の城中へ下されたので、それならばと御上洛された。

その後、親しくなされ、あらゆる事を秀吉卿と話し合いをされたので、事が捗り天正十八年

（一五九〇）に、小田原で北条家を倒し、それから出羽・奥州までも手に入れ、年来の大望である天下統一の功を立てた。

この事は、ひとえに、権現様の御助力によるものあり、秀吉卿は一生の間、権現様御一人の事を、特別にもてなされ、御客として対応された、といわれている。それなので、秀吉卿の知謀に勝る事はあっても、劣るような事は無かった。

次に武勇の事は、まだ若い頃、今川義元《いまがわよしもと》[28]にお供され、駿府に居られた時、十七歳で初陣に立たれた。

その後、大坂冬・夏の二度の陣に掛り、一代の間に多かれ少なかれ、敵味方にも手負の死人の出るような戦に立たされた事が、四十八回ともいわれている。

その身一生の間に、五回から七回も軍に立って走り回った事もあり、手を下さなくても、数回場を踏んだ武勇の人と、我も人も、誉め事となった。この事から武勇のある事は、非常によくわかる。

次に、御仁徳は、若年で駿河の岡崎に居られた時から、元和二年（一六一六）にお亡くなりになられるまでの、五、六十年の間、御嘉言[29]・御善行の事は、その時代の旧記の中に大体の事は載っていています。その上、世間の人々の言い伝えにも残っているので、詳細をいうまでも無い。

その上で、稀な御仁徳の備っておられる大将様である事については、確かな手掛かりの証拠がある。

その理由は、権現様が一生の内で、大小の合戦に出合われたのが、四十八回ある内、江州姉川・遠州三方ヶ原・三州長篠・尾州長久手・濃州関ヶ原の、五合戦というのは、いずれも、重大な敵に向かわれ、少数の味方で勝利された。

是は、何故かというと、御家御譜代の旗本衆の大身・小身共に、権現様の日頃の御仁徳を親しく思っていたので、戦場で命を忘れ、一筋に軍忠を励まし、粉骨を果たして働いて、勝利に導いたのである。

尤も、兵家の一術で、兵を借りての勝利というのもあったけれど、一度や二度は成功したが、大小の合戦の度に決まって味方の勝利というのは、仁徳ある大将の陣に限った事で、不仁・不徳の大将の技量では、決して出来ない事である。

このように考えれば、権現様は、智・仁・勇の三徳に当てはまる御大将様と、奉る事は間違いない。

権現様御在世の時のお噂について、筆者が聞いている事を、恐れ入りながら書き記して置いた。

その趣意は何故かといえば、年月が経った以前の事などは失われ、昔の事を知っている人も少なくなってくると、権現様の御嘉言・御善行の次第を、しっかりと聞いた者も無くなるようでは、残念で嘆かわしい事だから。

先に話したように、智・仁・勇の三徳に叶った人様を、東照大権現宮様と崇敬奉る事については、上古の諸神達に勝れども劣る事は無い。

しかし、みじめで情け無いのは、今時の世俗が、信仰申し上げる志も無く、遥か西天竺[30]の仏のような観音薬師地蔵など信心し、あるいは、わが国の太古の諸神達ばかりを神と思って尊敬し、東照宮様を後回しにするというのは、恩知らずの不届者である。

権現様からの血脈の続いている御家門方は、いうまでも無いが、その他、御譜代の家柄の旗本・大名・小名をはじめ、たとえ外様の大名衆であっても、慶長五年（一六〇〇）の兵乱以後、百三十年は、御当家代々の御恩によって、家々の相続も立ち家門が繁栄するというのは、普通の事ではないというのを、よく考えられて、ひとえに東照宮様の御神恩による深い御恵のおかげだと心に留め、日頃から信心されるならば武運に叶う事である。

それについて、自分自身の身の上は言うに及ばす、親しい人々の内で大事な病人などが居た時は、他の神仏に頼む事なく、東照宮様へお願い申し上げ、その効き目があったならば、重ねて有り難き幸せと思い、たとえ願いが叶わなくても、東照宮様の御神力に叶わなければ、定めなのだと諦める事である。

古人の言葉に「その鬼に非ずして是を祭るは諂うなり」とある。

去る慶長五年（一六〇〇）から百三十年以後、天下が平穏に治まり、代々続いて公儀の恵みで、各家を継ぎ、身を立てて安楽に生活している人々として、東照宮様の事を、「その鬼に非ず」と申す事は出来ない。この事を、よく考える事が肝要である。

筆者は寛永十六年（一六三九）に出生し、今年で九十歳の春秋を送り迎えるが、太平の代の事なので、武士の俸禄を受けながら、身命恙無くこの世に長く生きているのは、ひとえに東照宮様の御神恩によるものと、尊く有り難き幸せに思う。

八十とせの世にはふるとも
東方照らす御神ならずや

享保十三年大呂

大道寺友山　綴え

1 供をする番に当たる事。
2 笹竹で結った垣。
3 ごみ。取るに足りないもののたとえ。
4 強制的に農民などを人夫にかりだす事。
5 村落の有力百姓。
6 わら縄で編んだ大形の莚。
7 裏通りにある家。商家の裏側や路地などにある粗末な家。
8 他の家の裏に建ててある家。
9 北条時政。平安時代末期から鎌倉時代初期の武将。鎌倉幕府の初代執権。源頼朝の正室・北条政子の父。一一三八～一二一五年。
10 北条高時。鎌倉時代末期の武将、鎌倉幕府執権。一三〇四～一三三三年。
11 六波羅探題。鎌倉幕府の職名の一つで、幕府がそれまでの京都守護を改組し京都六波羅の北と南に設置した。
12 足利義詮。南北朝時代の武将、室町幕府第二代将軍。一三三〇～一三六七年。
13 足利義輝。室町時代後期の武将、室町幕府第十三代征夷大将軍。松永久秀らに暗殺された。一五三六～一五六五年。
14 前田利家。権大納言。戦国時代から安土桃山時代の武将、戦国大名。一五三八～一五九九年。
15 宇喜多秀家。権中納言。安土桃山時代の武将、大名。豊臣政権下の五大老の一人。一五七二～一六五五年。
16 石田三成。治部少輔。安土桃山時代の武将・大名。一五六〇～一六〇〇年。
17 小西行長。日向守、摂津守。戦国時代から安土桃山時代の武将、大名。一五五八～一六〇〇年。
18 安国寺恵瓊。戦国時代から安土桃山時代の僧。一五三九?～一六〇〇年。
19 黒田長政。筑前守。安土桃山時代から江戸時代前期の武将、大名。筑前福岡藩初代藩主。一五六八～一六二三年。

20 細川忠興。参議。戦国時代から江戸時代初期の武将、大名。肥後細川家初代。一五六三〜一六四六年。

21 加藤嘉明。侍従。安土桃山時代から江戸時代の武将、大名。陸奥会津藩初代藩主。一五六三〜一六三一年。

22 池田輝政。参議。安土桃山時代から江戸時代前期の武将、大名。播磨姫路藩初代藩主。一五六五〜一六一三年。

23 福島政則。参議。安土桃山時代から江戸時代初期の武将、大名。一五六一〜一六二四年。

24 小早川秀秋。権中納言。安土桃山時代の大名。備前岡山藩主。一五八二〜一六〇二年。

25 松平忠吉。薩摩守。安土桃山時代から江戸時代の武将、大名。徳川家康の四男。尾張国清洲藩主。一五八〇〜一六〇七年。

26 本多忠勝。中務大輔。戦国時代から江戸時代前期の武将、大名。徳川氏の家臣。伊勢桑名藩初代藩主。一五四八〜一六一〇年。

27 筆者・友山がこの夜話を書いていた時までの年数。幕末までは二百六十七年。

28 今川義元。治部大輔。戦国時代の武将、駿河国及び遠江国の守護大名・戦国大名。一五一九〜一五六〇年。

29 人の戒めとなるよい言葉。

30 現在のインド。

解説　『霊巌夜話』と大道寺友山

一．大道寺友山について

『霊巌夜話』の著者である大道寺友山は、寛永十六（一六三九）に越後国村上邑（現在の新潟県村上市）で生まれた。名は重祐《しげすけ》、通称を孫九郎、後に号として友山と名乗った。

友山は大道寺家が浪人していた頃に生まれた事もあり、その幼少期、少年期の事跡は不明である。墓碑銘によれば、二十歳前後で江戸に出て小幡景憲《こばたかげのり》、北条氏長、遠山信景に学び、山鹿素行《やまがそこう》から奥義を伝授されるなどして軍学を修めた。その軍学は当時最も影響力のあった甲州流（武田流）であって、同流派のスペシャリストとして友山は評価されるようになった。

その後、友山は兵法学者として諸藩で講ずるようになる。安芸の浅野家に仕えたのち、元禄四年（一六九一）十二月に給米百俵を持参して会津藩松平正容《まさかた》の客分となった。会津藩では様々な殊勲をあげたと見られ、元禄十年（一六九七）には臣籍に列せられる。しかし、元禄十三年（一七〇〇）六十一歳の年に友山は何らかの理由で会津松平家から疎まれて追放に処される。しばしの放浪の後に武蔵岩淵（現在の東京都北区）に寓居し、最初のまとまった著作『岩淵夜話』を著している。
七十五歳になった正徳四年（一七一四）七月からは福井藩松平吉邦に三十人扶持で召し抱えられる。『落穂集』や『霊巌夜話』、『駿河土産』、また『武道初心集』等の著作はこの時期に書かれたものである。

友山は慶長十九、二十年（一六一四、一六一五）の大坂の役から二十年以上を過ぎて生まれ、元禄年間（一六八八～一七〇四）を中心に活躍した武家人である。友山が生きた時代は徳川幕府の下で政治、社会の安定化が進み、戦乱の世のように身を以て武士道を理解するのが難しくなっていた。それは若くから兵学を熱心に学んだ友山にとっては憂うるべき事態で、友山は家康の事跡や言葉、また『武道初心集』という教訓書を記す事で、特に下級の武士たちに兵学や武家の有職故実を教え諭しながら、武士としての心構えを知らしめようとしたのであろう。

最晩年の友山は享保二年（一七一七）子の重高に家督を譲って隠居し、享保十五年（一七三〇）十一月、江戸の地で没した。享年九十二歳であった。

【年譜】

一六三九年（寛永十六）

友山、越後国村上邑に生まれる。

一六六〇年頃～一六九〇年頃（明暦・万治・寛文・延宝・天和・貞享年間）

友山十八～五十歳頃。成人して後は小幡景憲、北条氏長、遠山信景らに兵法を学び、山鹿素行からは奥義を伝授される。壮年期には浅野家に仕えるなど、兵法家として諸藩を遍歴する。

一六九一年（元禄四）

友山五十二歳。給米百俵を持参し、会津藩松平正容の客分となる。

一六九七年（元禄十）

友山五十八歳。勲功により会津藩松平正容の臣籍に列せられる。

一七〇〇年（元禄十三）

友山六十一歳。何らかの理由により会津藩を追放される（同僚の嫉妬による讒言《ざんげん》との説が有力）。しばしの放浪の後、武蔵岩淵に寓居する事になる。この頃『岩淵夜話』を著述する。

一七一四年（正徳四）

友山七十五歳。七月、福井藩松平吉邦に三十人扶持で召し抱えられる。これ以後、『落穂集』

『武道初心集』『霊巌夜話』『駿河土産』などを著述する。

一七一七年（享保二）

友山七十八歳。四月、子の重高に家督を譲って隠居の身となる。

一七三〇年（享保十五）

友山九十二歳。十一月、江戸で没する。江戸愛宕坂下の青龍寺に葬られたが、墓は東北寺（現在の東京都渋谷区）に移された。

【大道寺友山の墓碑】

大道寺友山の墓は東京都渋谷区の名刹、東北寺にある。その墓碑には「寿徳院殿節忠友山居士之墓」とあって、友山の略歴が刻まれている。

墓碑銘（文中／印は墓碑の改行部分）

先考知足軒先生者大道寺氏平姓也諱重祐称孫九郎老而号友山／其先出自内府重盛寿永中平氏亡滅其裔匿於城州綴喜郡大道寺／邑因氏焉中葉有大道寺太郎重時者長享中親族伊勢氏偪起於東／方称北条氏居城於相州小田原方此時也重時最有汗馬之功歴事／北条氏遂居於武州

川越其子駿河守政繁継業益興遷於上州松井／田兼統両城之兵天正十八年会豊臣秀吉攻小田原躬自勒兵而拠／松井田此年秋七月北条氏悉滅矣於是自殺葬于松井田補陀寺矣／政繁之長子孫九郎直繁在川越聞小田原之急而俾弟隼人守川越／城単騎而赴於小田原之難矣城陥至於城主氏直入于高野山直繁／従之氏直薨後奉仕／東照神君慶長七年四月十二日卒于城州伏見其男繁久蒙

台命属于　越忠輝公寛永十八年卒於越後州此時先生三歳而承其／系統九挑燈之纏大文字之旗今尚伝焉母曽我氏先生及長去郷来／于　武城随小畑景憲北条氏長且学於遠山信景大原吉徳山鹿高／祐而窺甲陽機変之蘊奥也夫於人倫之交脩斉治平之理則原信聖／教不惑于異端邪学年壮寄于浅野家行為　会津侯之客成隠勲数／回也有故見疎遂居于武州岩淵而経年所先生去時有倭歌其言切／直而無怨悔　侯一見而感焉復接遇如旧及晩節而応我　越前侯／之招充賓位恩遇甚篤去年九十一歳登于日光山拝／神廟且拝戴／神盃生涯之栄何以加之娶中西氏有五子三男二女一曰風山五歳夭／次曰胤昌義子于徳永氏　次曰繁郷廼予也継家系称孫九郎今仕

越前侯一女嫁津軽氏一女嫁大久保氏矣先生自少まで老以兵法鳴／世洽遊説諸侯能談故事又著岩淵夜話落穂集且述大将伝五臣論／遺稿亦多矣先生為人節倹強直而有大度主忠信知義命善容衆貴／賢平日詠歌儘有逸作又自好画寿星像微事雖不足以言毫端鮮明／亦可愛但常楽遇老於太平之時而已寛永十六年巳卯生于越後／州村上邑今茲享保十五年庚戌冬十一月二日没于武州江戸霊巌／島之邸舎年九十二矣一言不耄以天年終焉葬于城南愛宕山下／青竜禅林矣和尚謚曰寿徳院殿節忠友山居士古人有言先祖無美／而称之是誣也有善而不知不明也知而不伝不仁也不肖子繁郷本／礼意考譜表事哀慕悲泣謹述其梗概以備不朽云爾

墓碑銘を簡略し、なおかつ補足しながらまとめると下記のようになる。

知足軒先生は、姓は大道寺、諱を重祐、老年期の号を友山とした。その祖先は平重盛に遡り、寿永年間に平氏が滅んだ後、子孫が山城国綴喜郡の大道寺村に移り住んだ事で大道寺と名乗るようになった。

大道寺重時は北条氏に仕え、北条氏の治める小田原にて、様々な武功をあげて取り立てられ、以後大道寺家は北条家の家臣として活躍する事になる。ところが、豊臣秀吉の小田原

攻めにおける　北条方の敗北につき、松井田城を任されていた友山の曾祖父である政繁は自害し、正繁の子で友山の祖父である直繁は高野山で仏門に入るという事態に陥る。一方、正繁の子で友山の父である繁久は越後で徳川忠輝に仕えるようになった。

友山は成人に達すると故郷を離れて、小畑景憲や北条氏長に師事し、加えて遠山信景、大原吉徳、山鹿高祐にも教示を受け、甲陽の学問を修めるとともに、人倫の交わりなどの儒学的要素も学んだ。そこで身に付けた兵法学が認められ、若い頃は浅野氏に召し抱えられるなど、各地を遍歴したようである。

後に会津藩の客分となって、幾度かの功勲をあげるが、疎まれて武蔵岩淵に身を寄せるようになる。その後、招きを受けて晩年には越前公に仕えるようになる。

（中略）

友山は若い時から老年に至るまで兵法の専門家として世に知られ、諸侯に武家の故事などを遊説した。また、『岩淵夜話』『落穂集』『大将伝』『五臣論』などを著した。友山は節倹、強直の人で、度量が大きく、忠・信を主とし、義・命を知り、他人の意見を受け入れる人間であった。普段は歌を詠み、絵を楽しみ、寿星図をよく描いた。不満があっても表に出す事はなく、老いてからは泰平の世を楽しんでいた。
享保十五年十一月二日、友山は江戸霊岸島の邸宅で九十二歳で没したという事である。

二、徳川家と大道寺家の関わりについて

両家の関わりのはじまりは、徳川家康と大道寺友山の曽祖父大道寺政繁の出会いにある。二人の生存期間は同時代である。家康が、天文十一年～元和二年（一五四二～一六一六）、政繁が、天文二年～天正十八年（一五三三～一五九〇）で九歳ほど家康が若い。天正十年（一五八二）徳川家と北條家の和議の証として、家康の次女徳川督姫（十九歳）と北條氏直との戦略成婚がなされ同盟が結ばれた。これによって関八州の守りは家康と北條の家臣である政繁の同盟軍に託された。乱世ですぐにも壊れそうな同盟と思われたが、家康の息の長い天下制定に尽力した結果、大道寺家は幕末まで徳川家から二百年以上の恩恵を受けた。

東北寺にある大道寺友山の墓

三．友山の主要著作

大道寺友山には『霊巌夜話』の他にもいくつかの著作がある。それらは『霊巌夜話』と同様に武士道の指南を意図したものと想定される。主な著作を以下の通りである。

『岩淵夜話』

成立は友山が会津を追放されて武蔵岩淵に寓居した元禄十三年（一七〇〇）から、福井藩に任官した正徳四年（一七一四）の間に書かれたものとされ、友山が六十歳の頃の著作である。内容は徳川家康の事跡や講話を記したもので七十話から成り、家康の出生から関東入国、関ヶ原の合戦、大坂の役までの説話をおよそ年代順に連ねた構成となっている。

『駿河土産』

成立については不明。『霊巌夜話』の一本には本書がそのまま収載されている。関ヶ原の合戦から大坂の役、家康没までの約十七年間の家康の事跡、逸話を随筆風に書き留めている。

『落穂集』

成立は友山が福井藩に仕えていた享保十二年（一七二七）とされる。大きく二本立ての構成をとり、一つは家康の出生から大坂の役までを年代順に記したもの、一つは江戸時代初期の政治、経済、社会、文化について、読みやすい問答形式で書かれたものとなっている。

『武道初心集』

士道を論じた書で、近世武士の倫理思想の貴重な資料。友山晩年の作か。五十六項からなる。天保五年（一八三四）信州松代で出版されたものは三巻四十四項、写本で伝わるものに手が加えられ、儒教的士道論的色彩を濃くしている。書名は各項末に〈初心の武士の心得の為如件〉とある。

四．『霊巌夜話』について

問答形式で、江戸城の開設、徳川氏や諸大名と家臣などの逸話、寺社の縁起、江戸市中の風俗の変遷などを叙述。友山の青年期である慶長から寛永期の記録が多いが、慶安の由井正雪の乱（慶安事件）や明暦の江戸大火、寛永の江戸絵図成立の経緯にも及んでいる。寺社に関しては、増上寺、浅草寺、不忍池。風俗としては風呂屋、煙草、踊り子など、豊富な話題に言及している。

大道寺友山（だいどうじゆうざん）

一六三九年（寛永一六）越後国村上邑に生まれる。成人後は小幡景憲、北条氏長、遠山信景らに甲州流軍学を学び、山鹿素行からは奥義を伝授される。壮年期には浅野家に仕えるなど兵法家として諸藩を遍歴する。一六九七年（元禄一〇）に会津藩松平正容の臣籍に列せられた後、福井藩松平吉邦に召し抱えられるなどし、一七三〇年（享保一五）九二歳で江戸にて没する。主な著作に『岩淵夜話』、『落穂集』、『武道初心集』、『霊巌夜話』、『駿河土産』などがある。

大道寺弘義（だいどうじひろよし）

一九三五年、東京都に生まれる。父の農林省から新潟県への転勤のため新潟市に移る。県立新潟高等学校併設中学校、県立新潟南高等学校卒業。新潟県職員などを経て、県立新潟南高等学校の学校職員を務める。現在、新潟市在住。編著として『大道寺友山～その人間像と教育思想～』（新潟日報事業社）。監修として『武道初心集を知る』（教育評論社）。

装丁　花村　広（花村デザイン事務所）

霊巌夜話を知る

二〇一四年四月八日　初版第一刷発行

著者　大道寺友山

現代語訳　大道寺弘義

発行者　阿部黄瀬

発行所　株式会社教育評論社
〒一〇三―〇〇〇一
東京都中央区日本橋小伝馬町一二―五　YSビル
TEL〇三―三六六四―五八五一
FAX〇三―三六六四―五八一六
http://www.kyohyo.co.jp/

印刷製本　萩原印刷株式会社

ISBN 978-4-905706-82-3
定価はカバーに表示してあります。
落丁・乱丁本は弊社負担でお取り替えいたします。